Евгения **Мелемина**

Евгения **Мелемина**

Солнце в рюкзаке

Астрель
Полиграфиздат
Москва

УДК 821.161.1-312.9
ББК 84(2Рос=Рус)6-44
М 47

Оформление обложки дизайн-студия «Графит» Бунина Альбина
Оформление макета Пульникова Татьяна
Фотография автора предоставлена Тимошиной Ольгой (WaxLe)

Подписано в печать 17.01.12. Формат 84x108/ 32.
Усл. печ. л. 16,8. Тираж 3 000 экз. Заказ № СК 4071М.

Мелемина, Е.

М47 Солнце в рюкзаке / Мелемина Евгения. – М.: Астрель: Полиграфиздат, 2012.– 319, [1] с.

ISBN 978-5-271-41406-0 (ООО «Издательство Астрель»)
ISBN 978-5-4215-3347-4 (ООО «Полиграфиздат»)

Искусственный интеллект – миф или реальность? Где начинается человек в тех, кто искусственно создан в колбах? К чему могут привести эксперименты с генетикой, ставшей оружием в руках человечества. Он – Раннинг. Его мышцы питаются молочной кислотой, его движения не знают осечек, его выносливость феноменальна, его жизнь и душа принадлежат команде Солнца. Ему всего лишь девять месяцев с момента открытия колбы.

УДК 821.161.1-312.9
ББК 84(2Рос=Рус)6-44

– О, какого красивого парня ты нарисовал!
– Это не парень. Это робот.
– А разве не может быть парнем робот?
– Нет. Парень это парень. А робот это робот.

Из разговора с Сашей М., 6 лет

Задолго до того, как маленький Саша разъяснил, что почем в мире людей и роботов, в весеннем парке, под цветущими каштанами состоялся другой разговор.

- Напиши что-нибудь о людях в форме.

Мимо как раз шествовал серьезный мужчина в камуфляже.

- О военных?

- Можно о военных, но лучше просто о людях, которые носят форму.

Несколько секунд я размышляла над тем, кто эти люди, откуда они взялись, и кто нацепил на них форму.

Когда поняла, то сразу согласилась, и первая глава книги "Солнце в рюкзаке" появилась уже через пару недель.

Саша же ничего не знал ни о моей книге, ни о просьбе, ни о каштанах, поэтому его слова - своеобразная эпитафия всему, что в книге написано.

Посвящается Тимошиной Ольге Александровне (Лелику), без которой "Солнца в рюкзаке" бы не было даже задумано, а также Всем, кто был со мной во время ее написания, поддерживал, ждал, вдохновлял и верил.

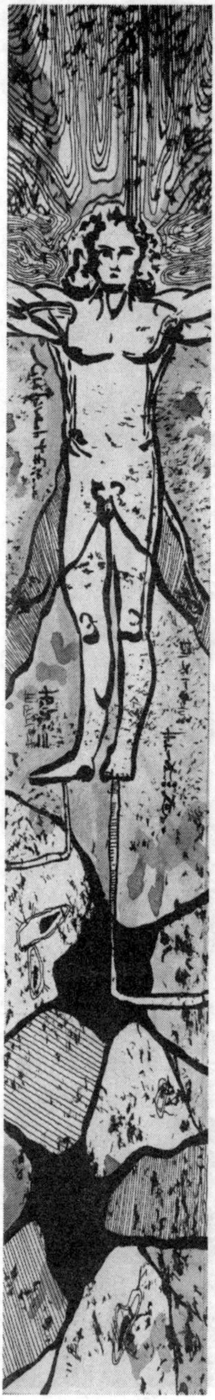

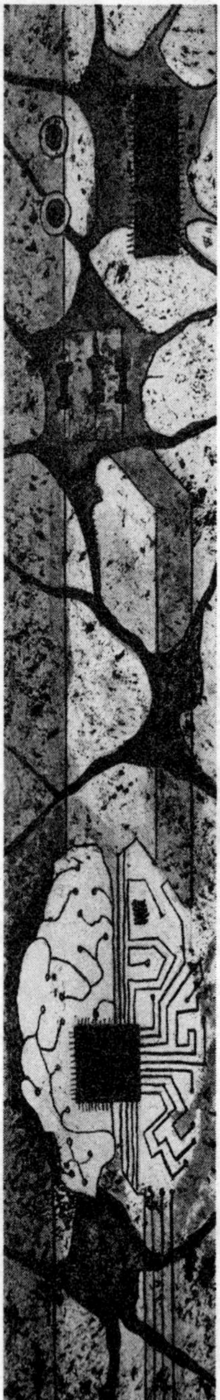

Глава 1

Квоттербеку мы должны были доверить свои жизни и свои души. Жизни – потом, а души прямо сейчас, на этом полигоне, за несколько часов до начала Матча.

Никто не пытался оттянуть момент передачи души, никто, кроме меня, поэтому я пошел последним: после Тайтэнда и Лайнмена, которые по очереди отправились в угол поля и сказали нашему Квоттербеку пару слов. Я наблюдал, делая вид, что мне все равно. Даже травинку в рот засунул, чтобы казаться равнодушным.

Тайтэнд потом сказал, что выглядел я полным придурком – бумажно-белый, со свисающей изо рта травой. Овца на заклании. Неудивительно – я не знал, в чем признаются Тайт и Лайнмен, но сам должен был рассказать Квоттербеку то, за что он имел полное право снять меня с Матча.

Я наблюдал – Лайнмен признался в чем-то с виноватым видом, и Квоттербек медленным движением головы показал: «назад». Он даже ничего не ответил, и я воодушевился, а потом сник, потому что подошедшему Тайтэнду Квоттербек прочел какую-то отповедь, во время которой Тайт стоял, неестественно высоко закинув голову, словно его вздернули.

На линию он вернулся злым и растерянным. На скулах его горело по красному пятну.

Потом они оба – Лайн и Тайт – посмотрели на меня, и я пошел по полю.

Этот момент запомнился мне на всю жизнь – я шел пружинистым длинным шагом настоящего Раннинга, демонстрируя свою силу Квоттербеку, а он стоял у стены, у полуразрушенной кирпичной кладки, и ветер гнал зеленые волны под его ноги, затянутые в высокие шнурованные ботинки.

Ремни на его поясе и куртке время от времени ловили солнечный блик, и я слеп, но шел прямо, боясь разглядывать его лицо.

Я – часть команды, во мне все пело. Я – часть команды, я – одно целое с теми, чье сердце идеально, чье зрение безупречно, с теми, у кого ни разу не поднималось давление, а в почках нет песка.

Наши мышцы питаются молочной кислотой, наши движения не знают осечек, наша выносливость феноменальна, а дух крепок. Мы – команда нашего Солнца...

И с такими мыслями я чуть не столкнулся с Квоттербеком, но он вовремя подался назад, и я встал столбом, сохраняя равновесие.

– Раннинг? – сказал он.

– Да, – согласился я и поднял наконец голову.

Квоттербек стоял и ждал. Ждал, пока я выверну перед ним наизнанку свою душу, а я не мог говорить – я был занят его лицом, потому что оно было важнее – лицо человека, который обязан сохранить наши жизни, довести нас до конца и заставить меня закинуть Солнце на ветку.

Он казался мне богом, и так оно и было, потому что бог – это тот, кто следит, чтобы подопечные не померли раньше времени.

Если было бы возможно, я бы сочинил пару молитв и обращался бы к Квоттербеку по ночам перед наспех сооруженным алтарем. Но мне не нужен был алтарь – Квоттербек стоял прямо передо мной, богоявление произошло, и я был восхищен.

Он подождал пару минут, а потом показал мелькнувшее в черном зрачке человеческое тепло и спросил:

– О чем ты не можешь думать спокойно?

Я ответил, и тепло исчезло. Квоттербек обдумывал, покусывая губы, а я ждал, и майка под курткой прилипла к спине, как ледяной пластырь.

Игрок команды обо всем должен думать спокойно – как Квоттербек. Это обязательное условие для выживания – уметь принимать мир рассудком, а не сердцем. Если у Игрока есть затаенная боль и волнение, он должен отдать свою душу. Проще говоря, поделиться болью с тем, кто не потащит в суды, на каторги или в Монастырщину.

Не знаю, что чувствовали Тайт и Лайн, но я сам был, что называется, с мелким изъяном – излишней эмоциональностью. Только силой воли мне удавалось задушить в себе это качество, но дело мое рассматривалось долго – это был уже третий Матч, на который я подал заявку, на две предыдущие мной получен был отказ с размытой, но явно отрицательной формулировкой.

– А у тебя есть то, о чем ты не можешь думать спокойно?

До сих пор не понимаю, зачем я это ляпнул. Наверное, уже тогда хотел пробить брешь в защите Квоттербека, вычеркнуть его из пантеона богов... Но мне не удалось этого сделать ни тогда, ни сейчас – столько лет прошло, а я все еще вспоминаю его со священным трепетом и все так же готов соорудить алтарь.

Мне позволено говорить все, что угодно, верно? Так вот: никогда ни один из высших чинов Монастырщины, будь он трижды обернут в Священное Полотно и будь у него хоть крылья за спиной, не сравнится с Квоттербеком, у которого из регалий-то было всего – рюкзак со снаряжением, шлем с непрозрачным шилдкавером и камуфляжная куртка...

Убейте меня, распните, растащите по кускам, но он был лучшим.

Он был лучшим, поэтому в ответ на мой вопрос улыбнулся и сказал:

– К линии, Раннинг.

А это значило, что я вступаю в Игру.

Наша линия начиналась в центре маленького полуразрушенного амфитеатра. Мы стояли на заросшем высокой травой поле напротив развалин стен и трибун. Красный кирпич светился, в траве сверкали осколки битого стекла. Солнце стояло прямо над головой – Квоттербек дал нам выспаться, и мы успели перекусить и свернуть лагерь. Мне казалось – он прав и делает все к лучшему, а Тайтэнд, возясь с котелками, бубнил, что какой же это Матч, если спим до полудня. Лайнмен напомнил ему, что Квоттербек еще не одобрил состав, так что Матчем эта ночевка может считаться с натяжкой, но Тайт все равно бубнил и огрызался. Он был очень напряжен, и я подумал, что злится поэтому, но позже выяснилось, что у него просто паршивый характер и рычит Тайт постоянно.

Лагерь был свернут, души отданы, поэтому мы все стояли хоть ровно, по уставу, но чувствовалось, что почти висим на невидимых нитях, натянутых ветром. Опустошенные, легкие, бездумные. Глаза сухие, бесцветные. Отдали души, называется.

Мне было за нас стыдно, но Квоттербек словно ничего не замечал. Он возился где-то под стеной, что-то молча выкапывал и нас не звал.

Тайт время от времени тянул носом, но поначалу безрезультатно, а потом сообщил вполголоса:

– Реактивы...

Я учуял их только через несколько минут, когда Квоттербек подтащил к линии в брезент завернутое нечто – неправильной формы, очень условно круглое, с множеством выступов.

Он развернул запачканную землей оболочку, и оно показалось – наше Солнце. Наше синеватое металлическое солнце, замасленное, с начавшими уже разгораться огоньками на длинной панели, идущей по всему его объему.

Квоттербек положил ладонь на Солнце и весело взглянул на нас.

– По очереди, – сказал он, и первым выступил Тайтэнд.

– Теплое, – констатировал он, погладив Солнце.

Я смотрел – после его прикосновения зажглись еще несколько огоньков. То же самое было после прикосновения Лайнмена, который гладил Солнце осторожно, как больного зверя.

А я... а мне Солнце досталось уже прилично разогретым, желто-синим, как газовая горелка. Я держал на нем обе руки и видел, как свет проникает сквозь мои пальцы и они становятся розовыми, как мясо ракушек. Видел, как Солнце реагирует на меня – одну за другой разогревает свои дуги, зажигает новые огоньки, запоминает, тестирует.

Оно, большое и теплое, твердое, тяжелое, вызывало непередаваемые чувства – гордости, причастности, восторга.

Я был так счастлив, что готов был взвалить его на плечо и тащить куда угодно прямо сейчас.

Квоттербек стоял сбоку и улыбался.

– Оно еще успеет вам осточертеть, – сказал он, но тоже потянулся к Солнцу и прижал к нему ладонь.

В ответ в Солнце зажужжало что-то, что-то сомкнулось и разомкнулось.

Я обернулся и увидел – улыбаются все. Счастливо – Лайнмен, неловко и скупо – Тайтэнд.

Странно, что есть те, кто предпочитает теплу холод. Странно, что есть те, кто выбирает Луну.

У нас было несколько часов на подготовку. Начало Матча было объявлено в шесть, а еще даже не наступило время обеда. Обедом вызвался заниматься Тайтэнд. Я еще утром заметил – он с удовольствием уделяет время всяким кастрюлям и держит во внутреннем кармане мешочек со специями. У него там чего только не было – белый перец, корица, пыль Четырех Святых, перец черный и красный, подземная соль, батистовая пыльца. Это часть, остальное я просто не узнал.

Он долго с неодобрением рассматривал наш паек – мясные консервы и сухую кукурузу, а потом свалил все это вместе в котелок, посыпал однимдругим, и на выходе мы получили божественно вкусный густой суп-пюре. Как он это делал, оставалось загадкой для всех нас. Позже, уже в Игре, он порой только что камни не варил, а все остальное пускал в ход, и черт его знает, сколько бы мы протянули без его кулинарных талантов.

Мы расселись вокруг Солнца, которое основательно нагрелось и ловило блики полированным выпуклым боком, и принялись за еду.

Тогда я смог уже без особого напряжения рассмотреть свою команду – по-лисьи тонкого и хищно-опасного Тайта и большого добродушного Лайнмена. Первое мое впечатление было наивным – я готов был обнять их и объявить, что мы – братья, что нам жить и выживать вместе! Это была та самая неуместная эмоциональность, которую я задавил напускным равнодушием. Проще говоря, радовался и восторгался молча, глядя в тарелку и никуда больше.

Есть ряд причин, по которым Игрока могут снять с Матча, – это я для вас говорю, господа Служители Монастырщине, ведь вы даже правил толком не знаете, – есть несколько причин, и одна из них – беспечность и несерьезность.

Я с опаской поглядывал на Квоттербека. По моему мнению, он слишком часто улыбался, и я боялся за него. Но Квоттербек ел суп и был донельзя серьезен. Я успокоился.

А после обеда Квоттербек притащил блестящий плотный рулон термоструктуры, вытащил нож и посоветовал всем сделать то же самое. Мы вооружились, он посмотрел на нас, раскатал рулон и сказал:

– Вырезайте куски по спине.

– Как? – полюбопытствовал я, и Квоттербек показал как, приложив ко мне раскатанную плотную ткань и наметив лезвием ножа линии разреза.

– Оставьте припуск в месте, где будет крепление.

И выкинул из рюкзака связку ремней с металлическими застежками.

– Пластик Солнце не выдержит, – пояснил он. – А это можно обернуть в термоструктуру. Держи, Тайтэнд.

Тайт с удивлением рассматривал рулон и маленькую швейную насадку принял сначала беспрекословно, а потом взъелся:

– Ты предлагаешь мне шить?

Он всегда говорил «мне», «я», словно был один на всем белом свете.

– Да, – ответил Квоттербек и встал в расслабленную позу, из которой удобнее всего перейти в боевую стойку. Я покосился на Лайнмена – готов ли тот отстаивать свое мужское право, но Лайн прилежно резал термоструктуру по своей широкой спине и не обращал ни на что внимания.

Я заметался – что выбрать? С одной стороны – шить... это дело Женщин. Дело Женщины может ослабить и развратить мужскую суть, и Тайт явно намерен ее защищать, с другой – это приказ Квоттербека, а ему виднее.

Пока я мучился, ища выход из ситуации, Тайт перешел в наступление.

– Плохое начало Матча, – сухо сказал он. – Лайнмен, брось это! – Он хотел сказать то же самое и мне, повернулся и увидел, что я по-прежнему сижу пнем, и промолчал.

Лайнмен невозмутимо дорезал кусок и попытался приладить его к спине. У него не получалось, поэтому термоструктуру он отложил в сторону, а нож – нет, и Квоттербек быстрым взглядом отметил и это обстоятельство.

Потом он посмотрел на меня, а я все так же сидел не двигаясь... Я не знаю, почему я не вмешивался – я должен был как-то проявить себя, что-то выбрать, но мне было так страшно за команду, за ее единую целостность, что я своим бездействием пытался все как-то урегулировать.

Квоттербек пару секунд смотрел на меня озадаченно, и Тайт воспользовался моментом – боком, быстрым броском ударился о Квоттербека и словно прилип к нему – я видел, его руки и колено расположились правильно, так, чтобы при малейшем сопротивлении начать ломать и выворачивать.

Лайнмен начал подниматься, большой и с ножом наизготовку, а Квоттербек присел, опустил голову и стряхнул Тайта легко, как сухой осенний лист. Не только стряхнул, но и перехватил в безопасном от себя расстоянии, а потом прижал его спиной к Солнцу. Пальцы-клещи впились в белое горло Тайтэнда.

Держа его на вытянутой руке, Квоттербек медленно обернулся, и Лайнмен прошествовал мимо, взял рулон и принялся резать.

– Иди сюда, Раннинг, примерим, – спокойно прогудел он.

Я пошел, стараясь не смотреть, как задыхается и бьется Тайтэнд, а его треугольное лицо налилось тяжелым красным цветом – казалось, вот-вот лопнет.

Сначала он бился и возился под давлением Квоттербека, а потом почему-то притих и начал думать – это было видно по тому, как опустились его рыжеватые ресницы, а лицо разгладилось.

– Еще? – спросил Квоттербек, но Тайтэнд не ответил.

Он молчал и думал.

Солнце под ним тихо светилось.

Лайнмен успел вырезать кусок и на меня и без всяких приказов принялся резать термоструктуру на маленькие прямоугольнички, предварительно измерив металлические застежки на ремнях, а Тайтэнд все не шевелился, только начал кусать губы и мученически жмуриться.

– Еще? – повторил Квоттербек, и Тайт с трудом мотнул головой.

Когда он отвалился от Солнца, от его куртки шел пар, и сама она выглядела ссохшейся и какой-то выглаженной. Куртку он сразу снял и завертелся, пытаясь рассмотреть спину. На ней алела обожженная кожа.

– Оно еще не разогрелось в полную силу, – сказал Квоттербек, поднял валяющуюся на земле швейную насадку и снова протянул ее Тайту, и тот взял – угрюмо, но молча, а через час уже нашил множество маленьких карманчиков, в которые без проблем поместились застежки ремней.

Я прилаживал ремни к нашим «панцирям» и страдал – ну почему я впал в какую-то кому и не проявил боевой дух, как это сделал Тайтэнд? И даже Лайнмен был опасен… а я? Я им страшно завидовал.

Положение мое усугубилось, когда Квоттербек подозвал жестом и вручил мне кусок термоструктуры, а потом безбоязненно повернулся спиной. Я отмерял защитный панцирь по его плечам и бокам и думал о том, что, черт возьми, унизительнее ничего быть не может. Он определил меня как Игрока, в котором нет боевого духа, стоял расслабленно, опустив руки. Тайтэнд смотрел насмешливо, а Лайн вовсе отвернулся.

Наверное, в тот момент я решил, что моя задача – обставить Тайта, потому что только так можно было обставить самого Квоттербека.

Пришлось воспользоваться моментом. Я возился с примеркой, осторожно ощупывая Квоттербека. Он был ненамного шире меня в плечах, но просто железный. А еще он понял, что я его проверяю, потому что повернул голову и улыбнулся.

Шил я осторожно. Во-первых, никогда раньше не пользовался таким приборчиком, во-вторых, постоянно прислушивался к себе, боясь ощутить, как уменьшается за этим занятием моя мужская сила. Лайнмен тоже осторожничал, я это видел, а Тайт с остервенением впихивал куски плотной ткани в зев насадки и раз в пятнадцать минут выдавал готовое изделие. Все у него в руках спорилось, на то и Тайт. Позже у меня была возможность ознакомиться с содержимым его рюкзака, и чего там только не было: от мотков разноцветных проводов до россыпи приборов непонятного назначения, из которых он без проблем складывал что угодно, – мне казалось, оставь Тайта наедине с мусорной кучей на необитаемой планете, и через сутки он улетит с нее на собранном из хлама космическом корабле.

Наше Солнце все разгоралось, а солнце на небе начало по-вечернему тускнеть, и тогда Квоттербек развернул карту, запаянную в непромокаемый пластик. Я таких никогда не видел – раскрашенная во все цвета радуги, разделенная пунктиром на ровные ломти.

– Наши линии... – сказал Квоттербек. – Наши переходы. Первая линия самая легкая, путь до первого перехода, нам просто нужно нести Солнце. Дальше пойдут населенные линии, и неплохо было бы, чтобы хотя бы половина из них в этом сезоне болела за Солнце.

– Почему – неплохо? – расстроился я. – Так будет неинтересно.

Тайтэнд посмотрел на меня как на дурака, а Квоттербек коротко вздохнул.

Я примолк. Наверное, Квоттербеку хотелось довести нас до Ветки живыми, а я не вовремя влез со своим азартом… не знаю.

– Обычно Солнце несет Лайнмен, – продолжил Квоттербек, – но мы будем нести его по очереди.

Тайт почесал обожженную спину, но ничего не сказал.

– Все – по очереди, равное количество часов. Кроме Раннинга.

– Кроме меня? – удивился я. – А…

И снова заткнулся, потому что вспомнил, что после Квоттербека я самый ценный член команды.

– Это не против правил? – осторожно спросил Лайнмен.

Перед тем как что-то сказать, он долго и трудно дышал, потом делал решающий вдох и только потом начинал говорить.

Если бы я не знал, что Игрок проходит медицинское освидетельствование, то решил бы, что он болен.

– Это допускается правилами как разновидность командной тактики, – ответил Квоттербек. – Укладывайтесь. У нас еще час.

Мне укладывать было особо нечего: просто личные вещи, и еще Тайтэнд нагрузил меня посудой и спальниками. Сам он чего только в рюкзак не напихал, а Лайн долго и старательно размещал части своего обмундирования различной степени бронированности. Тяжелый пуленепробиваемый жилет он надел под куртку и стал в два раза больше.

Что занимало рюкзак Квоттербека, я тогда так и не увидел, но оказалось, что он успел еще и упаковать Солнце – сине-желтое, горячее, огромное. Солнцу тоже полагалось что-то вроде рюкзака – с дополнительными головными ремнями сумка, из-за которой приходилось основной груз перекидывать на грудь, и несущий начинал смахивать на горбатого полоумного кенгуру. Спину от жара защищали наши самодельные панцири из термоструктуры. Они потом здорово нас спасли. Ума не приложу, как прежние команды таскали его без защиты – Солнце нагревалось с каждой милей, и под конец дошло до того, что защита оплавилась. Хотите – верьте, хотите – нет.

Мое дело – не убеждать вас и не приукрашивать тяготы того Матча, а рассказывать как есть.

А правда, что бывали случаи, когда Игроки заживо сгорали под Солнцем? Кого из вас наказывали за погибших Игроков? А главное, как вас наказывать, таких слабых и никчемных? Что бы вы со мной ни сделали, я все равно останусь в тысячу раз вас выносливее, потому что рожден по правилу Аттама.

А еще вы никогда не шли затылок в затылок за своим Квоттербеком, держа за плечами Солнце.

Я шел за Квоттербеком, держа за плечами Солнце. Все уже успели ощутить его вес, а я взялся впервые, поэтому брел, как хрустальный, боясь дышать. Оно приятно грело мне спину, приятно оттягивало ремни и давало хорошую нагрузку на ноги – то, что нужно Раннингу. Сначала я подумывал о том, чтобы заявить Квоттербеку, что хочу нести его наравне со всеми, но к концу второго часа понял, что не все так просто. Спереди болтался рюкзак со всяким барахлом, сначала я не замечал его, а потом оказалось, что он сбивает мой центр тяжести, и идти приходится вразкачку, и от этого ноют бока. Ноют – это поначалу, потом мне стало казаться, что в них всажено по ножу.

Спина быстро взмокла, ремни начали давить на плечи.

К концу третьего часа оказалось, что меня не подвели только ноги – главная ценность Раннинга, остальное болело и скулило на разные лады, поэтому я с облегчением отдал Солнце Квоттербеку и почувствовал себя так, будто обрел крылья.

Квоттербек что с Солнцем, что без него шагал одинаково ровно и быстро, и я шел за ним затылок в затылок по песчаной узкой тропе, тихонько разминал плечи и был абсолютно счастлив.

Испытать свою силу на прочность удается не всем и не всегда, а зачем она нужна, эта сила, если не можешь ее испытать?

Когда меня освободили от груза, освободилось и время поглазеть по сторонам. Мы шли ровным полем, на котором не нашлось ни одного цветка – только сочная зеленая трава, словно выстриженная по линейке. Пейзаж был скучноват, но порой попадались и интересные детали – например, полуразрушенная башня из серого камня с остатками винтовой лестницы, уходящей в небо.

В башню сразу кинулся Тайтэнд, которого в последний момент поймал за шкирку Лайнмен, обязанный проверять обстановку до того, как кто-то влипнет. Он пошел внутрь с молчаливого согласия Квоттербека, осмотрелся немного, а потом уж пригласил Тайта.

Мне очень хотелось пойти и тоже посмотреть, но я почему-то возомнил, что обязан защищать Квоттербека, поэтому остался с ним и взял коротко ствольный автомат наизготовку. Квоттербек посмотрел на меня с какой-то ласковой тревогой и смолчал.

Я потом заметил – он мало говорил, но у него были очень говорящие глаза, по которым я мог определить, что творится у него на душе. Конечно, если он позволял это увидеть.

Мне пришлось долго гадать, к какому правилу Аттама относится Квоттербек – я таких никогда не видел. В нем было что-то особенно типичное, от оттенка губ до прямой спинки носа, но угадать, откуда пришел этот тип, я не мог, пока мне не сказали. Теперь мне хочется увидеть его односерийников, снова увидеть эти глаза и эту особенную смуглую бледность... Знаю, что нельзя. Знаю. Он все равно остался в моей памяти, буду довольствоваться тем, что невозможно отнять.

Из башни Тайтэнд приволок кусок какого-то прозрачного провода с витой сиреневой сердцевиной. Он радовался этой штуке как ребенок. Лайнмен, который легко перенимал чужие эмоции, шел рядом с ним и хмуро и нерешительно улыбался.

– Это дьявольский корень, – наконец сообщил Тайтэнд, размахивая штуковиной. – Эта штука может выдержать напряжение, достаточное для питания небольшого «Прыгуна».

Я видел на полигоне «Прыгунов» – двуногие бронированные махины, оснащенные тяжелым оружием, – и видел кусок провода, которым размахивал Тайт. Наверное, это действительно была замечательная находка.

– Башню разрушил «Прыгун»? – спросил Квоттербек.

Тайтэнд подумал немного.

– Я думаю, что тот, кто был в башне, разрушил «Прыгуна», – не очень уверенно сказал он. – Хотя это и странно. Видели, как повреждена кладка? «Прыгун» обрушился на нее. Значит, либо погиб пилот, либо машине перерезали сухожилия.

Он завертел головой.

– Здесь кто-нибудь живет? Наверняка чертовы аборигены потом растащили его на кастрюли.

– Кого? – спросил я, чтобы просто послушать, каким спокойным бывает Тайтэнд, но он моментально вскипел.

– Кого-кого! Пилота, конечно же! Из него получились отличные котелки. А «Прыгуна» похоронили и теперь носят на его могилу мертвых голубей во славу бога Аттама.

Мне пришлось смолчать. Интересно, думал я, почему, когда Тайтэнд нарывается на грубость, это называется боевым духом, а когда я радуюсь – недопустимыми эмоциями... Ведь чем-то похоже.

Лайнмен позади глухо закашлял.

– Раннинг, – Тайт даже оббежал меня сбоку, – а ты такой умный не от Эбы ли...

Я посмотрел в его треугольное рыжеватое лицо и развернул автомат, легко представив, как бью его прикладом точно в переносицу и как он воет и скулит.

– Задачка, – сказал Квоттербек, не оборачиваясь. – В башне Лайнмен, Тайтэнд и Раннинг. Их атакует «Прыгун», пилот которого болеет за Луну. Время на решение задачки – три минуты.

– А где Квоттербек? – откашлявшись, спросил Лайн.

– А его в условиях задачи нет. Время пошло.

Я всю голову сломал, пытаясь представить, чем в такой ситуации может быть полезен Раннинг, и додумался только до идеи убежать с Солнцем. Но что делать дальше? Без команды Солнце не дотащишь. Это проигрыш, притом позорный...

Три минуты мы шли тише тихого, только Лайнмен дышал тяжело, с какими-то хрипами и бульканиями, но тоже явно раздумывал.

Честно говоря, меньше всего я полагался на его идеи – не верилось мне, что в круглой его голове могут вариться полезные мысли. И глаза у него были пустоватые. Квоттербек потом как-то поправил – это называется «добрые», балбес, – но по мне, так пустоватые, слишком чистые, что ли... Как вода в бассейне.

Три минуты истекли. Тайт хмурился, собирая подвижную кожу на лбу складками.

Он был похож на школьника, который изо всех сил делает вид, что выучил урок. Его первым и спросил Квоттербек.

– Значит, так, – сказал Тайт, присел на корточки и начертал пальцем на песчаной дорожке какую-то схему. – Я бы мог заминировать башню, но это конец игры. Можно попытаться с автомата перебить ему дыхание. Дыхательные трубки прямо под кабиной пилота, он будет переть напрямик, и их постоянно будет видно, но у меня обоймы не хватит, чтобы защиту раздолбать.

Он поднял голову, посмотрел на Квоттербека и яростно стер начерченные каракули.

– Я не знаю, – угрюмо сказал он. – Я знаю, что его уничтожили изнутри башни, но как – не знаю.

– Раннинг? – повернулся ко мне Квоттербек.

Я бы на его месте влепил Тайту хотя бы подзатыльник за тупость, а он улыбался. Правда, несколько напряженно.

– Убегать... – обреченно сказал я.

Тут задышал и засвистел Лайнмен, и Квоттербек переключил внимание.

– Солнце, – сказал он, отдышавшись. – Куда убегать с Солнцем? Его нет в задачке, но его не могло не быть в башне. Если погиб Квоттербек... а он погиб?

– Да.

– Если погиб Квоттербек, то это линия третья-четвертая, Солнце уже горячее, тяжелое. Один не донесет. «Прыгун» большая машина. Его увидели издалека и заставили отвлечься. Пилот вошел в азарт, потом начал злиться. Его подвели к башне и поставили на мины, на которые было время у Тайтэнда. Вряд ли с первого раза удалось сломать ему ноги, но Лайнмен с тяжелым вооружением может завершить начатое. – Тут Лайн окончательно запутался и даже покраснел.

– Точнее, – сказал Квоттербек.

– Сейчас, – твердо сказал Лайн и неожиданно подвел итоги: – Тайтэнд минирует западню, Раннинг все это время отвлекает «Прыгуна», потом ведет его на мины, Лайнмен доводит дело до конца. Башня здесь вообще ни при чем. Просто пилот думал, что Раннинг бежит в нее прятаться, потому что он был один и болельщики наверняка знали, что Квоттербек погиб. Думали, команда перессорилась и распалась...

Некоторое время Квоттербек что-то обдумывал. Потом кивнул и начал расстегивать ремни.

– Твоя смена, – сказал он Лайнмену, и тот торжественно и осторожно принял Солнце на плечи.

Темнело, а пейзаж все не менялся. То же бескрайнее поле, а ведь где-то рядом, по моим подсчетам, уже должен был показаться переход на следующую линию. Он представлялся огромными вратами или пещерой, выдолбленной в скале, но на этом чертовом лугу попадались только кроличьи норы, и никакого намека на переход. Полоска горизонта уже начала синеть, над ней распласталось плотное белое облако, похожее на акулий плавник, и оно тоже меняло цвет, и в небе показались светлые пятна будущих звезд.

Я мысленно развлекался разными вариациями победы над «Прыгуном» – Лайн дал моим мыслям направление, осознание команды пришло не сразу, но как-то четче, чем мои прежние порывы объявить всех нас братьями. Этого было мало, нужно было не только объявить, но и почувствовать себя ими... стать братом Квоттербеку, Лайнмену и даже Тайту, на которого мне даже смотреть не хотелось.

Рассуждая про себя о братстве и команде, я неожиданно натолкнулся на некую преграду – дело в том, что рожденные Аттамом не могут иметь братьев. Строго говоря, все мы одно и то же, но родственные связи – дело Женщины, Эбы, и ощущать их было бы опасным для силы Мужчины.

Но есть же откуда-то в нашем лексиконе это слово – брат? Откуда? И ведь я даже знаю, что оно значит.

Вечер того дня ознаменовался еще одним происшествием – Тайтэнд поймал кролика. Он давно принюхивался и присматривался, но днем порядка не нарушал, но, как только стало темнеть и Квоттербек зажег на своем плече маячок, Тайт заволновался, засуетился и принялся рыскать кругами.

– Сколько еще до стоянки? – не выдержал он. – Час, полтора?

– Полтора.

– Я сверну к норам?

– Маяк зажги.

Квоттербек к вечеру стал совсем неразговорчивым. Он искал переход и предоставил нас самим себе – на первой линии это поведение было оправданно.

Тайт кивнул, мигнул зеленым огоньком и превратился в тень, рыскающую в сумерках. Я зажег свой маяк без напоминаний и гордился этим.

Лайнмен понуро брел замыкающим, хрипя на разные лады. Он все еще тащил Солнце и весь был погружен в этот процесс. Солнце порядком нагрелось, и даже ткань, в которую оно было завернуто, слегка потрескивала.

Я был голоден и ждал результатов охоты Тайта с нетерпением. Казалось, стоит ему поймать зайца, как мы сразу рассядемся кружком, разотрем уставшие мышцы и в пять минут сварим чудесный суп с крепким бульоном в желтых блестках жира.

Местность тем временем стала меняться – ненавязчиво, почти неприметно, но показались по бокам тропы невысокие кусты с желтыми и фиолетовыми цветами. Их чашечки смахивали на бокалы для вина – длинные и узкие. Из каждого «бокала» торчал длинный пушистый ус.

К этим цветам Квоттербек принялся присматриваться, как заправский ботаник. Щупал их, рассматривал, выворачивал наизнанку. С цветов сыпалась пыльца.

Глядя на него, я тоже начал хватать эти цветы – не знаю почему, но меня всегда тянуло повторять его движения и действия. Я сорвал парочку и вместе с одним из них ухватил плод, вытянутый и прозрачный, как леденец.

Он оказался твердым, сладким и пряным на вкус. Как кусочек прозрачного меда, только островатый... из этого плода получился бы отличный соус, о чем я и сообщил Тайту, вернувшемуся из сумерек с кроликом на вытянутой руке.

Тайтэнд никак не отреагировал – он был занят своей добычей, а вот Квоттербек обернулся ко мне с огромным интересом:

– Соус, говоришь...

Я помню каждый его взгляд. И тот взгляд помню – он смотрел из-под ресниц и немного в сторону, словно видя меня не там, где я находился на самом деле.

– Раннинг, – позвал он меня, потому что я замешкался с ответом. – Раннинг, маяк! Держи маяк включенным!

Он по-прежнему смотрел куда-то в сторону, и я обернулся посмотреть, в чем там дело.

На фоне отцветшего неба невдалеке от нас стоял «Прыгун». Он был огромен – черная махина, крепко вцепившаяся в землю обеими трехпалыми лапами. Непрозрачный купол медленно поворачивался с хорошо слышным механическим жужжанием. Жерла пушек, опутанных проводами, висели неподвижно, но я знал, что это временное бездействие. Пилот искал цель и нашел ее через несколько секунд. Лапы «Прыгуна» заскрипели и поджали металлические пальцы. Стволы дрогнули и поползли вверх.

– Раннинг! – Черт, пока я стоял и глазел, команда успела переместиться. Голос Квоттербека донесся до меня приглушенный ветром. Я обернулся, ища их глазами, – добежать до любого укрытия не проблема, проблема была в том, что «Прыгун» нацелился на меня, и вести за собой его прицел – значило бы уничтожить команду. Успелось подумать – хорошо, что я налегке...

Я не увидел ни света маяков, ни укрытия. Неужели погасили?

Тогда почему я стою и свечусь, как дурак?

– Не... гаси... маяк!..

Это было последнее, что я услышал, а потом на меня обрушился шквал взрытой горячей земли и клочья травы. Больно ударило по ушам – разрывающим гулом, закончившимся тяжелым хлопком, словно где-то рядом ударил в ладоши сказочный великан.

На несколько секунд я оглох и ослеп, а потом повернулся и побежал в противоположную от тропы сторону, набирая скорость и заранее вычерчивая для себя траекторию неожиданных углов и поворотов.

Пилоту «Прыгуна» нельзя давать ни малейшей подсказки о намерениях моего движения.

Оборачиваться было некогда, но я слышал и физически ощущал – «Прыгун» прет за мной, я чувствовал запах реактивов, которыми его, видимо, накормили совсем недавно. Запах, который издавало и наше Солнце, – кислый и химический.

Время от времени он останавливался, чтобы переключиться на прицельную стрельбу, и этих долей секунды мне хватало для смены направления – хотя мышцы трещали от напряжения, но я на полном ходу успевал сделать полный поворот или вычертить неожиданный угол.

Я опережал его, и каждый раз меня просто накрывало волной грязи и с корнем вырванных растений, но долго так продолжаться не могло. Я увел «Прыгуна» от команды, но что дальше? Деваться некуда, они потеряют Раннинга на первой линии... а это проигрыш, проигрыш, черт возьми!

Мне остается надеяться на Квоттербека... он обязательно что-нибудь придумает... и желательно, придумает до того момента, как пилот сообразит, что на низких прицельных скоростях ему меня не поймать, после чего увеличит скорость, оставит в покое идею со стрельбой и будет просто топтать меня сытой многотонной машиной.

Я метался в темноте, прочерченной прожекторами «Прыгуна», надеясь только на свои ноги и на

Квоттербека, а когда отгремел последний взрыв, понял – пилот додумался сменить тактику, я погиб... рано или поздно я устану, споткнусь или схвачу судорогу, и тогда конец мне...

И в эту секунду с треском и помехами ожил мой наушник, подключенный к зеленым светом горящему маячку – я так и не выключил его, не успел.

– Спокойно, Раннинг, – пробился сквозь шум голос Квоттербека. – Спокойно... к башне. Ты успеешь. Беги к башне.

К башне? Покрыть расстояние, которое мы преодолевали полдня? Я мог, я мог бы это сделать, но без обезумевшей от охотничьего азарта техники на хвосте.

– Он не будет больше стрелять, – шепнул мне Квоттербек. – Главное – скорость.

Мне пришлось остановиться на несколько секунд – «Прыгун», посчитав эту остановку победой, радостно ринулся вперед, отмахивая длинными шагами по нескольку метров за раз. А я, собрав и распределив силы заново, рванул с места почти из-под его лап, держа в голове пройденный маршрут и стараясь не отклоняться от него ни на градус.

Вот тут-то мне пригодилось то, что поле было ровным, словно стол.

Порой, правда, мне казалось, что я его не узнаю – в темноте то и дело всплывали очертания каких-то зданий и заборов, но я не обращал внимания на игры теней и просто бежал вперед, набирая и набирая скорость, а после, достигнув максимума, держал темп, ни о чем уже не думая, надеясь только на то, что Квоттербек знает, что делает, – разговаривать с ним я не мог. Позади лязгало, и железо ударялось о землю, горячий ветер тащил вонь реактивов, слух различал среди грохота и тонкое жужжание суставов... Пилота в кабине, наверное, здорово трясло – «Прыгун» тоже гнал на пределе своих сил, но он был тяжеловат для подобных гонок, зато, в отличие от меня, не уставал.

– Раннинг, у тебя мало времени, – снова ожил наушник. – Соберись.

Но собраться я уже не мог. Мог только разобраться – расслабиться, покориться и упасть ничком, ожидая смерти. Но как только подобные мысли принялись заманчиво рисоваться в моей голове, показалась башня, окутанная ночными туманами, – стояла, словно целехонькая, и даже крыша, казалось, была на месте.

Я влетел в башню на полном ходу и белкой метнулся на самый верх, отчаянно надеясь найти своих, но нашел только запустение, присущее давно заброшенным зданиям. Было пыльно, серо и пахло гнилью.

В узкое окно-бойницу я увидел, что «Прыгун» стоит напротив башни, и оба его ствола медленно ползут вверх, а в жерлах собирается синее пульсирующее тепло.

– Молодец, – так же спокойно сказал Квоттербек сквозь помехи, и я выдернул наушник к черту, скорчился на полу, чтобы не видеть больше этого синего света и непрозрачного равнодушного колпака, наивно закрыл лицо руками и закричал.

Помню, что мне стало жарко с правого бока и посыпались сверху кирпичи и черепица.

– Раннинг, – язвительно сказал Тайтэнд, – оставь это гиблое дело: прыгать в переходы в одиночку.

Он сломал о колено сухой сук и подкинул его в костер.

Я подскочил с колен Квоттербека, на которых, оказывается, лежал вниз лицом, и весь свернулся от боли – судорогой схватило обе ноги.

Руки у меня тряслись, я даже не мог как следует растереть окаменевшие икры, да еще ботинки мешали, поэтому пришлось завалиться обратно и терпеть.

Бок мне согревало близкое оранжевое пламя, над которым висел котелок, уже булькающий и ароматный. Лайнмен сидел над ним на корточках и выглядел виноватым – ему было стыдно за меня, поэтому он делал вид, что занят супом, и помешивал его ложкой.

– Третья линия, – сказал надо мной Квоттербек, и я весь съежился. – Когда-то поле размещалось иначе, и эта башня торчала на третьей линии. Население болело за Луну и с удовольствием гоняло команду Солнца «Прыгунами». – Он наклонился надо мной, и я увидел его лицо с провалами черных глаз. – Ну как, побегал?

В его голосе осуждения не слышалось.

– Не то слово – побегал...

– Расстояния в переходах сокращены, – сказал Квоттербек, – поэтому ты смог вернуться к исходной точке и там уже прорваться на другую сторону.

– Я думал, что умер.

– Не умер, – спокойно ответил Квоттербек. – Ты молодец, Раннинг. Там сложно бегается.

Я был ему очень благодарен. Я благодарен ему до сих пор... и счастлив, что знал его – даже сейчас.

Глава 2

Из этого приключения я сделал несколько выводов – хороших и не очень. Во-первых, я узнал, что не полагается в одиночку жрать что ни попадя, даже если очень вкусно. Квоттербек добавил – не только жрать, но и пить, и вдыхать. В общем, в организм ничего не знакомого не запихивать, все делается либо вместе, либо не делается вообще. Во-вторых, я в одиночку спасся на третьей линии. Пусть линии прошлого, пусть я только и смог, что убежать, но смог же! Это наполняло меня гордостью, и на Тайта и Лайнмена я начал поглядывать свысока. На их долю никаких испытаний не выпало, если не считать того, что Лайн решил задачку, а Тайт поймал кролика.

Этого кролика он освежевал, выпотрошил и сварил, а кусочек серой шкурки привязал к своему шлему. Баловство.

– Костер, – сказал я, преисполнившись осторожной мудрости. – Он нас не выдаст?

– Прямо под переходом – нет, – ответил Квоттербек. – Мертвая зона. Так что ложитесь спать. Утром пойдем вниз.

И только тогда я заметил, что мы сидим на узком плато, нависшем над сумрачной, плохо различимой долиной. Виднелась зубчатая щетка леса, черный блеск далекой реки, а больше ничего особенного, ни тебе города, ни полигона... а ведь вторая линия уже должна быть населена.

Растерзав свой рюкзак, я добыл из него крепко скрученные валики спальников и после ужина раздал их. Синтетический материал пропах пылью и чем-то кислым. Я принюхался – реактивы.

Не наши, не Солнца, а того самого «Прыгуна».

Тайтэнд тоже заметил.

– Ты бы ему еще под холку спальники запихал, – сварливо сказал он. – Черт, не выветривается...

И только тогда я осознал, как близка и реальна была моя смерть, и меня снова начала бить дрожь, как ни жался я к костру. Лайнмен улегся без единого слова, положив рядом тяжелую «Иглу» и так и не сняв бронежилет. Мне кажется, он и шлем бы не снял, если бы в нем можно было пролежать несколько часов кряду.

Его, Лайна, мало волновало, мертвая там зона или нет, – он был готов нас защищать, и я долго ему умилялся, пытаясь отвлечься от страха. Тайтэнд ходил и ругался вполголоса, размахивая спальником, как флагом, но потом оставил это бесполезное занятие и тоже лег, предварительно отобрав у меня котелки.

– Тебе ничего доверять нельзя.

Я спорить не стал. У меня внутри дрожала туго натянутая струна, и Тайтэнд со своими претензиями по сравнению с ней за проблему не считался.

Это эмоциональность, уверял я себя. Нужно перетерпеть, задавить равнодушием... Ну! Раз-два-три, я не дрожу!

Дрожал.

Раз-два-три.

Великий Аттам, а...

Чтобы заняться хоть чем-то, я распустил шнурки ботинок и взялся растирать ноги. Усталости не было, а вот перенапряжение я поймал. Слишком много расходовал энергии, часть – явно вхолостую. Мне не следовало обращаться к резервам, сообразил я, в этой гонке было достаточно основного запаса сил. Но что сделано, то сделано – мышцы окаменели, судороги постоянно на подходе.

Так я и сидел, борясь попеременно то с дрожью, то с эмоциями, то с ногами, до тех пор, пока Квоттербек не приподнялся на локте и не приказал:

– Спать.

– Я не могу...

– Ложись.

Он поначалу никогда не давал мне договорить.

Ну, я лег, внутренне злорадствуя по поводу того, что на этот раз приказ Квоттербека выполнен явно не будет. Лег и сразу заснул.

Потом оказалось, что спал я так крепко, что утром меня никто не стал будить. Квоттербек и Лайнмен успели спуститься в долину и разведать обстановку – нам повезло, первая линия болела за Солнце, о чем оповещали вывешенные над небольшим селением флаги.

К тому моменту, как об меня споткнулся Тайтэнд, они уже вернулись и сидели над картой, внося в нее правку – все населенные пункты должны были быть отмечены на случай последующего изменения поля или неудачного перехода.

Я выбрался из спальника и молча взялся за еду, внутренне злясь на Квоттербека – он явно внес меня в список бесполезных Игроков и обращался так, словно я только вылез из колбы и меня надо учить ходить.

На самом деле Раннингов не надо учить ходить и даже бегать – это первое, что в нас вложено. А вот нервы у Раннингов слабее, чем нервы Лайнменов и Квоттербеков. Точнее, психика Раннингов должна быть гибкой и приспосабливаемой к изменениям. Это дает некий внутренний дисбаланс, но он должен быть в пределах допустимой нормы. Насчет Тайтэндов не знаю. Им, видимо, прикручивают руки, а остальное бросают на самотек.

Пока я раздумывал о рождениях по правилу Аттама, Тайтэнд сделал неожиданное – подошел и бросил мне на колени маленький тяжелый «Щелчок» – индивидуальную стрелковую игрушку, в умелых руках способную воробью глаз выбить.

– Пойдем постреляем, – сказал он. – А то черт знает, чем нас там болельщики кормить возьмутся.

Я нацепил куртку и шлем, дождался кивка Квоттербека и пошел за Тайтом в зеленые шумящие кусты, которые он ловко раздвигал плечом.

С веток сыпалась крупная холодная роса – заодно и умылся. Солнце бросало лучи прямо сверху, вертикально, и они держались за рыхлую землю, как воткнутые спицы. Через пару шагов начинался крутой склон, за который даже кустарники цеплялись с трудом. Приятно пахло мокрой листвой.

Тайт повернулся боком и легко сбежал вниз, как будто полжизни по холмам лазил. Для меня спуски тоже не были проблемой.

Мы остановились внизу, над уступом, уходящим вниз почти под прямым углом. Склон порос тощей травой и настырным густым орешником.

Несколько орехов Тайт сорвал и сунул в сумку, я последовал его примеру, но пробовать их не стал.

– А теперь – тихо, – шепотом сказал Тайт и бесшумно заскользил вниз.

Как можно тише я скатился следом, и Тайтэнд посмотрел на меня не то что одобрительно, но без бешенства – точно. Я только сейчас рассмотрел – глаза у него тоже рыжие, с зелеными крапинками и внимательным глубоким зрачком.

Неплохой, наверное, парень...

– Раннинг!.. Эба твоя мама!

Пока я разбирался в произошедшем, поднимал «Щелчок» и тыкал им в разные стороны, Тайт уже вломился в заросли орешника, и оттуда ударило два коротких выстрела.

А потом рядом со мной взлетел «пень». Он стоял здесь давно, трухлявый и ободранный, никого не трогал, но от звука выстрелов забился и с трудом поднялся в воздух, роняя всяческий сор и пыль.

От неожиданности я вскинул «Щелчок» обеими руками и нажал на курок.

«Пень» обрушился вниз, а из кустов показалось удивленное лицо Тайта.

– С почином, – сказал он, поднимая «пень» за желтые лапы. – Жирный.

Он посмотрел на меня и развеселился:

– Еще побродим? Здесь уже всех распугали.

– Давай, – легко согласился я, таща из его рук мою добычу. Меня дергало от азарта и запаха крови. – А у тебя что?

Тайт расстегнул сумку и показал два желтоногих «пенька» поменьше.

– Здесь много, – сказал он. – Я ночью учуял...

И тут у меня щелкнул наушник и голосом Квоттербека сказал:

– Возвращайтесь.

– Не линия, а курорт, – проговорил Тайтэнд, карабкаясь наверх.

Я обогнал его безо всяких усилий и остановился:

– Я рожден не Эбой, запомни ты раз и навсегда.

– Знаю, – ответил Тайтэнд и заскользил. Из-под его тяжелых шнурованных ботинок потек сероватый песок.

Пришлось подать ему руку – он ухватился и подтянулся. Крепкий и жилистый.

– Так где вас таких тогда штампуют?

Не очень-то вежливая формулировка по отношению к Аттаму, но Тайтэнд и вежливость никогда рядом не валялись, поэтому я не стал заострять внимание на его тоне.

– В Фиолетовых Колбах. – Мне снова пришлось подать ему руку. Наверх он карабкался совершенно неумело.

– А я из Оранжевых.

Бывает. Что тут сказать? Поделились важным, но обоим все равно.

Но меня тогда уже начал занимать вопрос, откуда родом Квоттербек. С Лайном все было понятно – Синие или Белые... А Квоттербек?

Вы всегда боялись таких, как он, верно, господа Служители? Да что там. Вы боитесь всех нас. Служительницы Эбы смелее вас, господа Служители...

– Раннинг, бери Солнце, – приказал Квоттербек, и я полез в ремни. – Есть три правила общения команды с болельщиками – не удивляться, не нарушать, не конфликтовать. Сами увидите что к чему, поэтому просто помните о правилах.

– Я слышал, – отдышавшись и нацепив шлем, сказал Лайнмен, – что была команда, которая умудрилась настроить болельщиков против себя, и всю ее вырезали ночью.

– А я слышал, что команда вырезала всех болельщиков, – возразил Тайтэнд.

Я тоже что-то такое слышал, но ничего нового добавить не мог. Солнце теперь пекло не только спину, но и затылок, и жар его стал не приятным, а угрожающим. Ноги держали меня крепко, поэтому я не отставал, а шел вровень с Квоттербеком, хотя он иногда и отбрасывал меня взглядом чуть назад, и тогда я натыкался на Тайта с его котелками... Хорошо и верно шагал только Лайн – замыкающим.

По буграм и склонам, по которым шныряла различная живность, мы пробирались с час, а потом местность стала выравниваться.

Я показал себя во всей красе, безупречно пройдя все неровности и наклоны, и теперь злился на Солнце, из-за которого выглядел слегка неуклюжим.

До равнины, на которой располагалось селение болельщиков, нужно было топать все время под углом – поначалу незаметным, а потом, когда лодыжки начинали давать о себе знать, – вполне измеримым.

Я любил ходить так – с нагрузкой, поэтому с любовью прислушивался ко всем сигналам моего тела, включая боль в спине, там, где Солнце зацепилось за капюшон каким-то своим выступом.

В это время Тайт и Лайнмен затеяли спор. Точнее, спорил Тайтэнд, а Лайн просто стоял на своем.

– Как можно вырезать команду? – удивлялся Тайт. – Это же тебе не дети Эбы, это Игроки, их врасплох не застанешь.

– Я слышал, что вырезали, – уклончиво говорил Лайнмен.

– Да не может этого быть! – Тайт горячился так, словно к нему лезли с ножом те самые дети Эбы. –

Одного меня хватит на десять штук необученных балбесов, на тебя двадцатку, на Квоттербека все остальные... а Раннинга даже будить не стали.

Как же он меня задолбал.

– А я слышал, что дело было так. – Лайнмен оставался непреклонным.

Он и доводов-то не выдвигал, просто слышал, и точка.

Из-за этого Тайтэнд бесился еще больше.

– Ну если там только Лайнмен дураком был и остальных подставил.

На это Лайн ничего не ответил. По этому поводу он, видимо, ничего не слышал и не знал, что сказать.

– Тайтэнд, принимай смену, – сказал Квоттербек, и мы остановились.

Я расстегнул ремни, от которых валил пар, и с удовольствием избавился от Солнца, переложив его на плечи Тайта.

Квоттербек взял меня за шкирку и развернул. Внимательно осмотрел измятый пласт термоструктуры, прилипший к моей спине, потрогал его.

– Дело обстояло так, – сказал он, – не было тогда еще поправки в правилах насчет флагов-фальшивок. Команду расстреляли на подходе к городу. И Лайнмен умер последним.

Он сказал и пошел дальше – ему-то что, а я так явственно представил себе предательские дула на стенах, украшенных флагом Солнца, что ощутил страх.

Не страх смерти, нет. Страх перед предательством. Потому что нет ничего хуже, чем смотреть в глаза человеку, который тебе лжет.

Несмотря на то что над поселением действительно полоскались сине-желтые флаги Солнца, мы, памятуя о печальной истории, к воротам подходили настороженно, а я и вовсе держался за автомат, и Квоттербек, заметив это, походя убрал мою руку с приклада.

Окружающий селение забор выглядел варварски – грубо обтесанные колья, вбитые в утоптанную землю. Ворота выглядели так же примитивно – кто-то просто крест-накрест прибивал толстые доски до тех пор, пока не получилась внушительной толщины преграда.

Честно говоря, синтетические полотнища флагов над всем этим выглядели забавно.

Нас заметили издалека, значит, висел на этих кольях какой-то соглядатай, ворота медленно раскрылись, и мы вошли.

Первое правило – не удивляться, но даже невозмутимый Лайнмен выглядел озадаченным, а я так вовсе утонул в многокрасочном зрелище собравшейся толпы. Толпой, впрочем, это можно было назвать с натяжкой: две-три хорошие очереди – и никого не останется, но окружившие нас люди так быстро и хаотично перемещались, что казалось – их тысячи.

Я первым делом разглядел Мужчин – у них был открыт торс, а снизу намотаны толстые валики красных, синих и зеленых тряпок. Еще у Мужчин были сальные длинные волосы, закинутые назад, и лица богомолов – вытянутые, с выпуклыми раскосыми глазами. Возле них крутились Мужчины поменьше – тонкие, загорелые, а еще – странные рулоны разноцветных тканей, из которых снизу торчали ноги, а сверху – копны волос, перевязанных лоскутками. У этих лица тоже были как у насекомых, но еще и раскрашенные, отчего выпуклые глаза почти вываливались из орбит, а толстые губы лоснились.

Мы вошли, и эти рулоны осыпали нас какой-то едой и рваниной. Мне за шиворот ссыпалась порядочная горсть сухого колкого зерна, а зеленый лоскут повис на дуле автомата.

Не удивляться, не удивляться – как мантру, повторял я и шел следом за Квоттербеком, но почему-то начал улыбаться как дурак. Болельщики завидели это и принялись с чудовищным акцентом скандировать:

– Сол-ну-це! Сол-ну-це!

За спиной шепотом выругался Тайтэнд, и я впервые понимал его настрой – было как-то неловко, но радостно. Очень тяжело такое ощущать.

Под конвоем толпы, бегающей взад-вперед, нас привели к центру селения, где в круг разложенные бревна еще накрывали плетеными ковриками, а костер уже пылал вовсю.

По бокам громоздились маленькие домики. Странные – я таких никогда не видел. Все они были связаны между собой коридорчиками. Потом мы ночевали в одном из них, и очень неудобно спать, доложу я вам, когда справа и слева соседи таращатся на тебя с нескрываемым интересом. Зато через коридорчики они ходили друг к другу в гости в сезон дождей и через них же делились едой.

Разноцветная толпа кинулась занимать места на бревнах и через несколько минут расселась вся. Теперь мы стояли в центре, а они смотрели на нас блестящими глазами, как большие разноцветные белки, устроившиеся на ветках.

Мужчины – я заметил – были худощавы и легки. Не было ни одного, кто потягался бы телосложением хотя бы с тощим Тайтэндом. Про «рулоны» я ничего не мог сказать. Я не понял, что это, а вот Тайт, видимо, сообразил, потому что смотрел с нескрываемым подозрением. Его перекосило – что-то не нравилось, но он пока молчал, потому что Квоттербек держал его под прицелом своего взгляда, и я впервые видел, каким тяжелым этот взгляд может быть.

Только Лайнмен быстро пришел в себя – он стоял, сбросив рюкзак и широко расставив ноги, большой и… пустоватый.

Здесь Квоттербек сказал бы – добрый, но, сколько он ни пытался объяснить мне значение этого слова, я так и не понял.

Он говорил – это качество души, а меня все клинило на основных качествах психики… и мы не сошлись во мнениях. Я полагал, что доброта равна отсутствию боевого духа, а он сказал, чтобы я пошел и то же самое повторил Лайну. Я не решился и таким нехитрым способом узнал, что не прав.

Лайнмен стоял, притягивая к себе большинство восхищенных и завистливых взглядов. В своем бронежилете и с «Иглой» за плечами он казался огромным даже мне.

К нам по усыпанной раскиданным зерном дорожке двинулся высокий и совсем высохший Мужчина – у него даже лицо было морщинистым, а щеки впалыми. Масленые черные волосы громоздились на затылке затейливым узлом.

– Они все дети Эбы, – шепнул мне Тайтэнд и тут же обернулся, чтобы посмотреть, не услышал ли Квоттербек.

Квоттербек услышал, потому что смотрел на него не мигая.

Мне стало не по себе, но заодно я расслабился – дети Эбы не могли представлять для нас никакой опасности.

Этот, высохший, безошибочно нашел главного и сложил перед Квоттербеком ладони чашечкой.

Квоттербек сделал то же самое, и тогда высохший выпрямился во весь рост и сказал внушительно:

– В этом сезоне мы болеем за Солнце, потому что Луна не смогла победить Дракона.

Вот так, с места в карьер. Было забавно наблюдать, как он выговаривает такие фразы. Ходячий анахронизм, осознавший плюсы Матча для своего племени.

«Белки» сидели притихшие, но кое-кто завздыхал и завозился.

Высохший обвел их леденящим взглядом.

– Я предоставлю вам кров и пищу, если Дракон будет побежден.

Мы сами могли себе обеспечить кров и пищу на линии, где население болеет за Солнце, но Квоттербек почему-то согласно наклонил голову.

– Дракон большой, – сообщил высохший. – Он убил самого сильного человека команды Луны.

Кому-то не повезло прямо на второй линии...

Поле меняется раз в сезон. Линии отходят назад и перемешиваются. Вводятся новые. В сезон на одном поле играют пять команд. Получается, со своим Драконом эти бедолаги пытались справиться около двадцати лет, и наша команда – это был их последний шанс, потому что мы замыкали пятерку, а после нас поле закрывалось.

Это вы придумали правила утилизации отработавшей свое техники?

Так вот, не вся она тонет в реках и болотах линий, населенных слаборазвитыми народами.

Мало того что она не тонет в реках, она порой там обживается. Это мы поняли сразу, как только вышли на берег. За нами тащились два соглядатая, призванные зафиксировать гибель Дракона, чтобы потом стало ясно, кормить нас или нет.

Тайтэнд, впрочем, оставил битую утром птицу у костра и строго-настрого заказал ее трогать, так что в случае чего покормимся сами.

Река имела тот самый поганый желтоватый оттенок, как и вода в резервуарах для питья таких машин, как «Прыгун» и «Кошмар», «Верный» и «Медик».

Тайтэнд принюхался и покачал головой. Он не смог сказать, какая именно машина тут обитает.

– Большой, – уважительно сказал наш проводник. – Большой и страшный.

– Без тебя понял, – огрызнулся Тайт, поймав момент, когда Квоттербек занялся анализами воды, запустив несколько капель в тонкую ампулу, вложенную в небольшой приборчик. – Большой-то ясно... но кто он? И что у него там лишнего выросло за двадцать-то лет?..

Лайн позади похрипел немного, настраиваясь, и спросил:

– Раз выжил – значит, из водоплавающих? «Океан» или «Глубина».

– Для «Глубины» и «Океана» тут мелковато, – задумчиво сказал Тайт, и тут Квоттербек подошел к нему слева и показал экран приборчика.

Глаза его сияли, он улыбался.

Я тут же расслабился – если Квоттербек в таком настроении, то почему я должен стоять у дерева и делать вид, что мне не страшно? Мне действительно не должно быть страшно, раз улыбается мой Квоттербек.

Я помню, так хорошо помню... Вот он стоит на берегу желтой от реактивов реки, держит в руке анализатор, и ветер треплет ремешок откинутого на спину шлема, а Тайтэнд удивленно поднимается ему навстречу и тоже начинает несмело улыбаться.

Квоттербек повернулся ко мне и показал экран анализатора. На нем горели столбцы цифр вперемежку с техническими знаками.

– Это «Добрый», – пояснил Квоттербек. – Дружок-спасатель. В воде высокое содержание железа, он приноровился питаться. Эй! – окрикнул он проводника, сидящего на пригорке. – Этот Дракон кого-нибудь из ваших убил?

– Нет, – донесся ответ. – Только лунного человека.

– А как убил?

– Клешней вот так... – Проводник показал на примере сложенных пальцев.

– Ремонтным щупом. Что и требовалось доказать, – сказал Квоттербек. – Он никого не трогает, просто бродит туда-сюда, но обороняться не разучился.

– Надо оставить все как есть, – встрял Тайтэнд. На его щеках снова горело по гневному пятну. – Ни хрена он им не мешает, навыдумывали сказок... А «лунного человека» я и сам бы прикончил.

Лайнмен, уже успевший распаковать тяжелые снаряды для «Иглы», вопросительно поднял глаза. Он явно хотел что-то сказать, потому что начал хрипеть и давиться воздухом.

Квоттербек дождался.

– Надо убить, – коротко сказал Лайн.

Я его понял. Надо было по-настоящему пустить на кастрюли старую ни на что не годную технику.

– Дождаться его, и под «Иглу», – добавил Лайнмен. – Я справлюсь.

Тайт отошел от нас и принялся кидать камешки в воду. Они шлепались о желтую поверхность и кругов не оставляли.

– Рыба тут не водится, – глубокомысленно сказал проводник со своего пригорка. – Все Дракон съел. Ловим рыбу далеко-далеко… – и показал куда-то вправо.

Квоттербек раздумывал всего несколько секунд. Я стоял неподвижно, надеясь оказаться полезным в его тактике, но мне не повезло.

– Ждать его бессмысленно, – наконец сказал Квоттербек. – Тайтэнд, сооружай сигналку. Будем звать на помощь. Вылезет – договоримся с ним, заберешься в кабину. Минируй его и выпрыгивай. Лайнмен, ты «Доброго» с первого выстрела не прикончишь, он тебя достанет – сам слышал. Если что – добьешь. Контрольным куда-нибудь под дыхательную систему.

– Не поможет, – угрюмо сказал подошедший Тайтэнд. – Он водоплавающий… без кислорода жить привык. Бей прямо в мозг, Лайн, я туда изнутри не заберусь. Это крышка за кабиной, вот тут… – И он показал на собственный затылок.

Тут я не выдержал:

– А что делать мне?

– Сбегай в деревню, скажи, чтобы жрать готовили, – мрачно отозвался Тайт.

– По ситуации, – сказал Квоттербек.

Ему явно было меня жаль и хотелось куда-то пристроить, но, черт, что поделать, раз все, что я умею делать хорошо, – это бегать.

– Солнце стереги, – добавил Квоттербек, и я поплелся к Солнцу, хотя никакой радости от него сейчас не испытывал.

На берегу начались приготовления. Тайтэнд засел за изготовление сигналки, Лайн неторопливо облачался в броню и кормил снарядами «Иглу». Проводников Квоттербек спровадил подальше, к кромке леса. Еще дальше не получилось – они не отходили, боясь пропустить представление, и так и маячили там все время.

Сам он уселся возле наклонного деревца и принялся кодировать наш липовый призыв о помощи.

Я от нечего делать подтащил Солнце поближе к нему и сел рядом.

Для кодировки Квоттербек использовал плоскую пластинку, которая была и экраном и клавиатурой одновременно, а еще где-то в своих микросхемках явно имела каплю разумного пластика, потому что работала так же быстро, как сам Квоттербек, то есть со скоростью человеческой мысли.

Хотелось спросить у него, зачем мы все это делаем, но я полагал, что ответ лежит на поверхности – Тайтэнд и Квоттербек обучались вождению машин различного класса и знают о них куда больше, чем мы с Лайном. Им виднее. Лайнмен исполнителен, вот и делает что прикажут, а мое дело – сидеть и помалкивать, раз ни на что другое не гожусь.

– «Добрый» понимает только те языки, которых в обиходе давно нет, – вполголоса сказал Квоттербек.

– Что-то вроде меня, – сказал я.

Квоттербек на секунду отвлекся и посмотрел с интересом.

– Слово «брат», – заторопился я, – оно что значит?

Это было нагло и глупо – лезть к Квоттербеку с такими вопросами.

– А где ты слышал? – спросил он, возвращая свое внимание коду призыва о помощи.

– Где-то слышал, – пожал плечами я. – Хотя это и близко к родственным связям Женщин.

– А про Братство слышал?

– Нет.

– Было такое поле, на пятой линии которого не выживала ни одна команда. Ложились в полном составе. Поле потом реорганизовали, переход настроили на другую локацию, но это как раз не важно... важно то, что населяло линию некое Братство. Они не вывешивали флагов, не били исподтишка и не давили техникой. Они выступали навстречу команде и предлагали бой четыре на четыре.

Квоттербек умолк и провел по матовому экрану пластиковой игрушки широкий завершающий круг.

Вот и все, подумал я. Разговор окончен.

– А дальше-то что? – спросил я, подхватываясь вслед за Квоттербеком, но он жестом оставил меня сторожить Солнце, на котором уже можно было без проблем печь картошку, а сам спустился вниз, к Тайту.

Тайтэнд заканчивал монтаж сигнального маяка. Рядом с ним сидел и щурился на солнышко Лайнмен, невозмутимый в своих бронированных доспехах, от которых валил пар – разогревались, чтобы выдержать напряжение защитного слоя.

Я не выдержал одиночества, схватил за ремни наше Солнце и потащил его вниз, на песок.

Квоттербек обернулся, посмотрел с еле различимым разочарованием и снова пошел наверх, к деревцу. Я проклял себя. Сидел бы на месте и не рыпался, ведь он просто отошел отдать код и даже приказал мне сидеть на месте и ждать... Нет, ну что я за болван!

– Подержи вот тут, – попросил Тайтэнд. Я подержал, он укутал нашу сигналку в изоляционное полотно и в таком виде зашвырнул ее в воду недалеко от берега.

– Ловись, рыбка, – сказал Лайнмен и закашлялся.

– Здесь не ловится рыба, – донесся печальный голос проводника откуда-то сверху, а потом его заглушил голос Квоттербека:

– Стояли у леса и стойте, какого черта вас принесло обратно... Дракон съест, да... К лесу, к лесу давайте.

– Лайн, ты чего все время... – Я покрутил рукой возле горла, потому что слов не нашел.

– Это норма, – отдышавшись, сказал Лайн. – Серия такая.

Меня объяснение успокоило. Разные бывали серии и колбы. То, что мне кажется странным, для других – необходимость.

Я присел рядом с ним, набрал полные руки влажного песка и попытался слепить из него комок. Песок не лепился, а только прессовался, но распадался, стоило только разжать руки.

Тайтэнд сначала шлялся туда-сюда, а потом тоже пристроился поближе и сидел хмурый, с тощим рюкзаком за спиной.

– А в твоей серии норма – идиотизм, Раннинг, – сказал он. – Что вот ты тут сидишь? Тебе сказано – Солнце беречь, а ты его разложил прям под ноги «Доброму» и сам расселся.

– Квоттербек молчит, и ты мне не указ, – огрызнулся я.

– Квоттербек просто не знает уже, как тебе приказывать.

– Тайтэнд, – вдруг гулко и веско сказал Лайнмен и повернулся.

Его броня засветилась, и оттого он выглядел еще внушительнее – наказующая страшная сила, железно-каменный воин, получеловек-полумеханизм.

– Тайтэнд, – укоризненно повторил Лайнмен.

Этого почему-то хватило. Тайтэнд умолк, я умолк, и мы вместе сидели на берегу и ждали машину, которая спешила нам на помощь, обманутая сигналом Квоттербека.

Потом, когда желтая вода заколыхалась и начала образовывать буруны, я действительно ушел. Взгромоздил Солнце на плечи и остался наблюдать возле пары облезлых сосенок, точно зная, что, если «Добрый» разбушуется, я просто убегу от него, как убежал от «Прыгуна».

Квоттербек оказался рядом со мной. Теперь в руках у него было тонкое изображение зеленоватой сетки.

– Выходит! – крикнул он. – Настроен на помощь.

Я посмотрел на сетку – та гнулась и вращалась. Квоттербек ладонями и пальцами вмешивался в ее структуру, и тогда вспыхивал крошечный, но сильный разряд.

От леса донеслись испуганные вопли. Сбрасывая с себя тонны воды, на берег очень медленно, но очень уверенно, опираясь на какие-то длинные лопасти, выползал сильно потрепанный спасатель. Ничего общего с поздними моделями он не имел. Те были легкие, верткие и хищные, а этот походил на израненного кита. Впечатление усугублялось тем, что он весь порос мясом и изодрал его о камни или какие-то другие препятствия.

– Ищет! – сообщил Квоттербек, внимательно следя за сеткой. – Лайнмен, на два метра назад! Тайтэнд, на метр вперед! Руки раскинь!

Лайн, держа «Иглу» за спиной, отступил, а показавшийся совсем маленьким Тайт двинулся машине навстречу, раскинув руки.

Он смотрел вверх, видимо, пытался рассмотреть кабину, но она вся заросла мясом.

– Лайн, еще назад! Тайтэнд, попробуй руками помахать... как флажками на взлетно-посадочной... да, верно. Молодец, он тебя понял.

«Добрый» зажужжал, затрясся и выдвинул длинный щуп с обросшим ракушками коробом.

– Бери! – крикнул Квоттербек. – Отсоединяй!

Я увидел, как Тайтэнд осторожно берется за короб, возится где-то среди пучков водорослей и потом осторожно кладет короб на песок.

Лайнмен стоял поодаль, не шевелясь. «Добрый» не обращал на него внимания.

– А в кабину-то Тайт не попадет... – задумчиво сказал Квоттербек. – Раннинг, тебе придется погонять его по лесу.

Я скинул с плеч Солнце.

– Возьми автомат. Спускайся вниз.

Автомат показался мне неестественно тяжелым. Схватив его, я пошел вниз, по осыпающемуся песку, уже готовясь к смертельному забегу. Впрочем, волновался я не особо – с «Прыгуном» дело обстояло куда сложнее.

«Добрый» был медлителен и стар. Ему меня не поймать.

В нескольких шагах от Тайтэнда я вскинул автомат.

– На-па-дай! – четко продиктовал Квоттербек.

Я не знаю, как он успевал все контролировать, – переводя сигналы на язык древней спасательной машины, успевал сообщить ему всю информацию – кого спасать, кто враг, и заодно вел нас, как шахматные фигурки, и еще нам сообщал, о чем думает «Добрый».

Возле машины пахло мокрым ржавым железом и гниющими водорослями. Запах был мерзким, Тайтэнд стоял бледный и чуть покачивался.

Главное, чтобы он не дергался, когда я начну стрелять. С этой мыслью я нажал на курок.

От леса снова донеслись испуганные вопли, и я сам испугался, потому что в ответ на выстрелы, оставившие глубокие дырки в бело-розовых мясных лохмотьях, «Добрый» отреагировал длинным гортанным ревом, от которого листья посыпались на землю.

– Ничего! Это ревун! Он оповещает об опасности! Зовет на помощь.

Великий Аттам, лучше бы он звал на помощь чем-то вроде ультразвука, я же чуть не оглох.

Ревун умолк, и наступила тишина.

– Приготовился, – шепнул Квоттербек в наушник персонально для меня. И вслух, громко – Лайнмену: – Следи за ногами!

Я не понял, о чем он, а Лайнмен понял.

– Он определил тебя целью, – шепнул Квоттербек. И снова громко: – Тайтэнд, в сторону и упал!

Этот приказ Тайт выполнил с радостью. Плюхнулся где-то сбоку от «Доброго» и затих, а я развернулся и побежал к лесу, у кромки которого метались наши разноцветные проводники. Позади уже привычно билось железо о землю, только на этот раз меня обдавало тонкой горячей пылью, а вместо взрывов я слышал какой-то подозрительный тихий свист.

Квоттербек в наушнике молчал, и я был ему благодарен – мне лучше знать, как бегать по пересеченной местности, имея на хвосте разъяренного добряка-спасателя. Добряк несся вперед, ничуть не уступая «Прыгуну». Суставы его ног мясом не поросли – он много двигался, выискивая, кому бы помочь.

Я на секунду отвлекся на наших проводников, взлезших на деревья, и пропустил тянущее страшное ощущение в затылке – а потом чуть не лишился головы. Свист – это были тонкие металлопластиковые лески, сплетенные в широкую сеть. Каждая ячея, попади я в нее, без проблем освободила бы от любой конечности – смотря чем запутаться.

И вот тогда снова стало страшно. Теперь это была не третья линия прошлого, а вторая линия настоящего, и тут меня не затянет в переход, и Кваттербек не сбережет на своих коленях... Здесь я сам за себя.

В лес я ввалился, как молодой лось, ломая все на своем пути, перепрыгивая какие-то бревна раньше, чем их замечал, лавируя между рыжими липкими стволами со скоростью, недопустимой при перемещениях по лесу.

Толкнулось что-то в локоть, я не обратил внимания. Надо мной летели клочья бело-розового мяса, и надсадно выл ревун. Цепляясь о сучья и ветки, многострадальная машина пробиралась вперед. «Добрый» все еще раскидывал сети и ими ломтиками нарезал бревна толщиной с мое бедро. Лес трещал и крушился.

Между листвой кое-где торчало солнце, и я бежал прямо, неосознанно выбрав его как талисман. Палки, потревоженные птицы и мох поднимались вверх и потом сыпались обратно. Рядом со мной рухнул упитанный кролик, его тоже зацепило сетью, а меня еще нет, но предчувствия были паршивыми.

– Молодец, Раннинг, – сказал Квоттербек в наушник.

И тут я споткнулся и покатился кубарем на влажную землю – слишком неожиданно выступил передо мной скрытый подо мхом овражек. Меня развернуло спиной, потащило вверх, и там, на двухметровой высоте, зажатый ремонтным щупом, я вдруг обнаружил, что у меня болит локоть.

А еще я обнаружил, что невдалеке сидит, опершись на одно колено, Лайнмен и смотрит в прицел «Иглы».

Меня качнуло и подняло еще выше, я видел непрозрачный колпак кабины пилота, с которого сучьями сорвало все мясо, и понимал, что свой приказ выполнил... А вот что сейчас решит сделать со мной «Добрый», мог знать только Квоттербек.

Великий Аттам, дай мне проснуться у костра еще раз.

И тут грянул выстрел. Лилово-фиолетовый, он прямым напряженным лучом вырвался из дула «Иглы» и ударился где-то подо мной, с треском ломая сочленения ног «Доброго». Я увидел, как лопается толстый поршень, как выворачивается наружу рабочая механическая начинка, и грохнулся вниз с огромной высоты, приложившись боком и рукой о невыносимо жесткую землю. В полуметре от меня тяжело распластался ремонтный щуп, безуспешно пытающийся снова ухватить добычу. Мне было не до него, я пытался дышать.

Так мы и валялись несколько минут: я – хватая ртом воздух и корчась, «Добрый» – торопливо спаивая свои соединения.

Раздышаться я так и не смог и был уверен, что осторожно подхватившие меня теплые жесткие руки – это руки Аттама, уносящие меня в Тревожную Смерть.

Забвение длилось недолго – нет, вечность, по моим меркам, а по меркам реальности, всего ничего, потому что, когда я очнулся, «Добрый» был еще в порядке, колпак его кабины откинут, и внутри возился Тайтэнд, все такой же бледный, но решительный.

– Сам дойдешь? – спросил меня Лайнмен.

Он стоял рядом и держал «Иглу» наизготовку. Возле его глаз наметились глубокие параллельные морщинки, отчего они стали жестче и осмысленнее.

– Дойду, – прохрипел я не своим голосом, поднялся и заковылял прочь.

У меня не было ни малейшего желания наблюдать за гибелью дружка-спасателя, который лежал на боку, терпеливо ожидая помощи от человека, которому доверял.

Мне не было его жаль, но все это снова натянуло во мне струну, было мерзко и обидно... и я пошел прочь, дрожа и вздыхая.

На полдороге к берегу я обнаружил, что с меня капает кровь, повертелся на месте и нашел причину. Над локтем развороченные мышцы смешались с рваниной рукава и представляли собой неприятное зрелище. Я зажал эту кашу рукой и пошел дальше, еле переставляя дрожащие ноги.

Квоттербек сидел у тех же двух сосенок.

– Вот и все, – сказал он, и в ответ его словам в лесу грянул взрыв.

Я боком привалился к нему и долго тупо смотрел на нос своего ботинка. Квоттербек сворачивал зеленоватую сеть на обожженных руках. Желтоватая вода плескалась внизу, подмывая низкий бережок.

– Есть хочется, – сообщил я Квоттербеку. – И пить.

Мне не досталось ни того ни другого. Когда вернулись Лайн и Тайтэнд, я сидел под сосной, привязанный к аппарату искусственной крови, и мне наказано было не двигаться.

Пока я не двигался, они вскрыли короб, оставленный «Добрым» Тайту. В коробе оказались бинты, антибиотики в ампулах, термоодеяла, несколько устаревших моделей «Щелчка», детали и схема для сборки переносного радиоприемника.

В деревне нас снова осыпали зерном и цветными тряпками. Высохший вождь торжественно препроводил в центр, где на кострах кипело в глиняных посудинах густое невообразимое варево.

– Внимание, – сказал Квоттербек по внутренней связи. – Много не есть. Пробовать, хвалить, оставлять. Тайтэнд...

– Я понял, – ответил Тайтэнд и сразу же принялся рыскать в поисках оставленной сумки. Он нашел ее в каком-то из домиков, вытащил наружу и уселся ощипывать взъерошенных птиц.

Возле костров не было видно ни одного Мужчины. Все они сидели поодаль и слушали наших проводников, выказывая восхищение короткими выкриками. Их было немного – остальные ушли разглядывать поверженного Дракона и, как потом оказалось, нарезали с него кучу технического мяса, совершенно не пригодного в пищу.

У варева суетились те самые существа поменьше, завернутые в узорные ткани по самые уши. Они тоже переговаривались, но мягкими, приглушенными голосами, и время от времени с завистью заглядывались на яркие синтетические флаги Солнца, полоскающиеся на ветру.

Тайтэнд ощипал птицу, отогнал этих небольших существ от одного из боковых костров и уселся возле него, раскрыв свой мешочек со специями.

Нас усадили на бревно поодаль и вручили по глубокой миске с желтой жирной кашей. Я попробовал опасливо – горячо, но вкусно. Лайнмен съел две ложки и все остальное время размешивал эту кашу так и сяк, а Квоттербек вовсе отставил миску в сторону.

Я был голоден, у меня ныла кое-как залеченная рука, а еще я не так давно был выпущен из колбы и не успел еще сформироваться полностью, поэтому после двух ложек остановиться не смог – меня как отключило.

Организм требовал ресурсов на восстановление и заглушал мой разум. Поэтому я сидел и ел с виноватым потерянным видом.

Ел даже тогда, когда закипел котелок Тайта и запахло крепким ароматным бульоном.

В итоге ко мне подошло одно из маленьких существ, протянуло смуглую грязную руку и вытащило опустевшую миску из моих рук, тут же заменив ее полной. Так я спасся от гнева Квоттербека, потому что, когда он повернулся ко мне, я сидел с нетронутой порцией каши и потихоньку засыпал, сытый и уставший.

Тайтэнд принялся оделять нас бульоном, а я сидел на краю бревна, разморенный и вялый, и плевать мне было на этот бульон.

– Раннинг, – позвал он меня. – Ешь давай.

– Не хочу, – сказал я, и Квоттербек тут же поднялся и подошел ближе. Он широкой ладонью накрыл мой лоб, потом пальцами спустился под ворот куртки и посчитал пульс.

– Руку покажи, – приказал он и присел передо мной на корточки.

Я вылез из рукава и показал. Рана наполнилась кровью, но тонкая наращенная кожа сдерживала ее внутри. Если присмотреться, то можно было увидеть, как соединяются под белой пленкой сосуды и ткани.

– Подними-ка.

Я встал и поднял руку. Квоттербек покрутил ее так и сяк, сгибая в локте, прощупал предплечье. А потом он отпустил меня – додумался. И ничего не сказал, просто отвернулся, словно жалея, что потратил свое время.

Тайтэнд стоял рядом, ничего не понимая, а Лайнмен заранее отвел глаза, я знал, ему всегда было за меня стыдно. Между ними решительно протолкалось то самое маленькое узорчатое существо и протянуло мне глиняную ледяную кружку с прозрачной водой.

– Пей, – сказало существо и заулыбалось, краснея даже под слоем загорелой темной кожи. – Так выздоровеешь.

За спиной существа шептались и хихикали ему подобные, я оторопело держался за кружку и медленно начинал соображать – это дети Эбы, сказал Тайтэнд. Они дети Эбы, и поэтому у них есть Женщины.

И это они – маленькие ходячие коврики с мягкими приглушенными голосами. Это они готовили для нас еду, которой не советовал увлекаться Квоттербек.

– Ну иди теперь... – хмуро посоветовал Тайтэнд. – Два пальца в рот.

– Только подальше, – сказал Квоттербек, – не надо им видеть.

Я пошел, а эта чертова Эба увязалась за мной под дружный хохот цветастых подружек, и с ней на хвосте я обошел почти всю деревню по кругу, злясь на себя и на нее. Ей-то что, идет и хихикает, таща за мной кружку, а я не знал, как от нее избавиться, и в итоге вышел за ворота и просто сбежал, оставив ее недоумевать.

Возвращался я, когда уже темнело, отплевываясь от горькой вязкой слюны, и снова голодный, как животное.

В центре селения костры цвели желто-фиолетовыми цветами. Флаги опали, ветер стих. Кто-то почти невидимый указал мне на домик, стоявший на отшибе, и я вошел внутрь, отодвинув плетеную занавесь и пригибаясь.

Внутри горел фитиль, утопленный в широкой плошке. За плошкой виднелась узкая злая спина

Тайтэнда, завернутого в спальник. Рядом с ним лежал Лайнмен, подложив под круглый затылок широкую ладонь. Он умиротворенно хрипел. Камуфляжный ежик его волос топорщился.

Стараясь не греметь, я вытащил спальник и долго искал, куда пристроиться. Справа и слева тянулись коридорчики, и оттуда кто-то таращился, бормоча тихие непонятные слова. Оставалось место у стенки, за Квоттербеком, но я боялся туда соваться, да и вообще надеялся, что он не проснется.

Квоттербек поймал меня, когда я собирался вылезти наружу и прилечь у костра.

– Сюда иди, – сказал он и подвинулся к вымазанной глиной стене.

– Больше такого не повторится, – покаянно сказал я, забираясь в синтетический мешок.

– Тебе сколько лет? – Квоттербек говорил тихо, почти шепотом, но я различал каждую нотку и интонацию его голоса.

– Скоро год, – ответил я. – Девять месяцев.

Он приподнялся на локте и посмотрел на меня почти весело, только губы были серьезными, с опущенными уголками.

– А зачем вас теперь так красят? – Теперь у него начали слегка улыбаться и губы.

– Не знаю, – ответил я, довольный, что тема ушла в сторону. – Может, побочный эффект.

– Ничего в колбах Аттама побочным не бывает, – качнул головой Квоттербек и снова угас.

Он быстро менялся – сначала улыбался, а потом весь тяжелел, и глаза переставали сиять, становились черными, матовыми, а возле них залегали синие усталые тени.

В эти моменты мне становилось физически больно. Стало больно и тогда, я поспешил согласиться:

– Наверное, не лишнее... да.

Но он уже отвернулся, а я остался лежать с застывшей в мозгу фразой о том, что ничего в этой жизни лишним не бывает, и чем дольше я крутил ее в голове, тем глупее она мне казалась, и под конец я был счастлив, что не успел ничего сказать.

Утром Квоттербек разбудил меня первым и вывел наружу. Плавал какой-то молочный тусклый туман, и угли угасших костров подернулись седой пеленой. Я поискал глазами вчерашний костер Тайтэнда, надеясь раздобыть возле него еду, но Квоттербек не дал моим поискам завершиться. Он заставил меня снять куртку, осмотрел рану и под конец осмотра приладил внутрь моего шлема две плоские присоски, которые плотно вцепились в виски, как только я застегнул шлем.

– Пойдем, – сказал Квоттербек и вывел меня из спящей деревни.

Солнце еще не взошло, но уже готовилось, красным вскипая у горизонта. Я вспомнил о нашем Солнце – не видел его со вчерашнего дня, но спрашивать о нем постеснялся.

Квоттербек сорвал длинную хворостинку и шел впереди, помахивая ею. Я невольно засмотрелся на его длинный размеренный шаг – было в этой манере ходить что-то знакомое, но понять что – я не сумел.

Мы миновали берег желтой реки, где была утоплена наша умолкшая навек сигналка, свернули и попали к наступившему на плохо обработанное поле лесу.

Квоттербек остановился.

– Пять минут тебе побегать, – сказал он и показал на лес. – Маршрут выбирай посложнее, не стесняйся.

Я потоптался на месте, ожидая сигнала, дождался и рванул вперед, в уже знакомое мне переплетение колючих сухих кустов.

Почва здесь нигде не была жесткой – в лесу царствовали мхи и густые зонты папоротников. Подо мхами трещали гнилые скользкие коряги, сосны щетинились иссохшими низкими ветвями.

И все-таки я бежал с удовольствием. Мне легко дышалось, на мне не было лишнего груза, и весь я, здоровый уникальный организм, созданный для бега и скорости, идеально взял темп и походя, не задумываясь, выверял каждое движение.

Пару раз я зацепился за ветки, но потому, что позволил себе зацепиться, было приятно знать, что можешь рассчитать даже промах.

Обзор моего зрения был куда шире, чем у Тайта или Лайна, поэтому мир практически не имел для меня границ. Через несколько минут бега я создал для себя целую вселенную-чашу, где мое тело являлось центром, а остальное – видимой и подвластной моей памяти окружностью, на которой я одновременно выстраивал несколько маршрутов, отлично помня каждую корягу и кочку.

Пока я бежал, солнце взошло и встретило меня, сильное и здоровое порождение Аттама, теплыми косыми лучами, словно принимая в сонм тех божеств, что звались Квоттербеками...

Квоттербек сказал в наушник:

– Молодец, Раннинг. Возвращайся.

Стало приятно и тепло, как тогда, когда я впервые положил ладонь на полированный бок нашего Солнца.

Я вернулся, и Квоттербек продемонстрировал показатели, снятые с моего мозга и камеры.

– Ты хорошо бегаешь, пока с тобой не разговариваешь, – сказал Квоттербек. – Это надо учесть.

– Я вчера из-за этого упал? – Показатели до и после сказанной по внутренней связи фразы разнились чудовищно.

– Да, – отозвался Квоттербек. – Разговоры тебя отвлекают. Чем, Раннинг? Такого быть не должно.

Я сам знал, что не должно. Но меня отвлекали не разговоры, меня отвлекало другое. Квоттербек хвалил меня, и я радовался. Меня отвлекала и расслабляла радость, а в этом я ему признаться не мог.

Оказывается, Солнце вечером закопали. К нашему возвращению Лайнмен откопал его обратно, и оно резко снизило температуру. Эту уловку я запомнил, и после при каждом удобном случае брался закапывать Солнце, потому что за день оно здорово пропекало спину, а к концу Матча палило так, что куртка вечером снималась вместе с лоскутами кожи.

Солнце было готово к транспортировке, Лайнмен стоял возле него и грел руки. Тайтэнд тоже был полностью собран и даже удосужился вытащить из домика все остальное снаряжение.

Высохший вождь попрощался с нами и что-то проворковал напоследок Квоттербеку.

– Что он сказал? – спросил я у Тайта.

– Он сказал, что здесь водятся Волки, – хмыкнул Тайтэнд. – Очень своевременно... Где вы шлялись, Раннинг?

В его голосе слышалось уязвленное самолюбие, и я не упустил случая позлорадствовать:

– Тайтэндов не касается.

Мне очень хотелось обособить себя и Квоттербека ото всех остальных.

Лайнмен поднял на меня светлые невозмутимые глаза и сказал:

– Ты поесть успел?

Я отрицательно покачал головой, и он вручил мне фляжку с вчерашним крепким бульоном.

Стало стыдно, и я молча ушел вперед, запивая бульоном терзающий меня голод.

Квоттербек пару раз сверялся с картой и вел себя настороженно. Тайтэнд тоже волновался, нарезал вокруг него круги, как собака, а потом пристроился сбоку и начал что-то говорить. Квоттербек выслушал его и кивнул, и только тогда Тайтэнд вернулся в строй.

Он загадочно молчал и поглядывал на меня, а я старательно ломал коленями низкий сухой кустарник и делал вид, что мне все равно.

Тайт отчаялся ждать вопросов и снова убежал вперед, и Квоттербек тут же нагрузил его Солнцем, чтобы не мотался без толку. Под Солнцем Тайт присмирел и побрел аккуратно, глядя на тропинку.

Тропинка, снова узкая и пыльная, вилась сквозь заросли кустарников, на которых вместо ягод вниз головой висели желтые и красные птички. При нашем приближении они молча снимались с места, а потом садились обратно и повисали неподвижно.

Красивое зрелище – словно сотни маленьких ярких мячиков подкидывают одновременно.

Занимался бы я этими мячиками и прорезавшимися вдали горами, если бы не смущался поведением Квоттербека. Он слишком часто замирал на месте, слишком часто обращался к карте, словно раздумывая.

– Да что с ним такое? – не выдержал я.

– За нами идет эта маленькая, в коврике, – хрипло прокашлявшись, сказал Лайнмен.

– Эба?!

– За тобой увязалась, – ехидно сообщил Тайтэнд, оказавшийся поблизости. – С тарелкой каши.

Я обернулся и всмотрелся в кустарниковое поле. Оказавшись позади, оно выглядело полотнищем, сплошь затканным желтыми и красными нитями. Эбу в ее яркой одежде заметить на нем было очень сложно, но Тайту, видимо, помог исключительный нюх, а Квоттербеку ее выдал биоток тела.

– Он волнуется из-за Эбы? – удивился я.

– Нет, – помолчав, ответил Лайнмен, потому что Тайтэнду Солнце мешало болтать бесперебойно. – Он волнуется не из-за этого.

Ступней я почувствовал, как изменился уровень земли, и только потом посмотрел вниз, на широкую застарелую колею, оставленную шипованной тяжелой шиной.

Колея была не одна. Их было несколько, глубоких и перекрещивающихся.

По этой дороге часто ездили, судя по рисунку, на четырехколесной и мототехнике, притом разной.

Представить себе высохшего вождя за рулем было невозможно.

– Волки, – осенило меня.

Квоттербек обернулся.

– Волки, – подтвердил он. – До темноты мы должны оказаться вон там, – и показал на смутно вырисованный на небе горный излом. – Днем они нападать не будут, а мы не будем рисковать. Это наша линия, здесь дополнительных очков не наберешь.

– Кровью пахнет, – угрюмо сообщил Тайтэнд и посмотрел назад.

Квоттербек закусил губу.

– Может, плевать? – неуверенно предложил Тайт.

– Там никого, кроме Эбы, – сказал Лайнмен, на секунду переключив шилдкавер в тепловой режим.

– Раннинг, вернись и проверь, – приказал Квоттербек. – Лайнмен, прикрой его, а мы забираем Солнце и идем дальше. Догóните. Полчаса вам на исполнение.

Я развернулся и рванул по тропинке так быстро, что птицы не успевали взлетать. Позади меня начал располагаться и прогревать бронированный доспех Лайнмен, который обязан был отследить все мои перемещения и предотвратить любую атаку.

Я бежал быстрой рысью, низко пригнувшись к земле, и думал, что это несправедливо – Квоттербеку чутье на биотоки, Тайту нюх, Лайнмену тепловое зрение... а мне что? Ноги и легкие. А еще, как заметил ночью Квоттербек, приметная фиолетовая раскраска, от которой никакого толку...

Это потом я узнал, что апгрейд по цвету – это уступка и подачка нам же, Игрокам, чтобы не путались, как команды самых первых сезонов.

Я был готов ко всему, поэтому даже нож расчехлил, а застал самую мирную картину – Эба сидела под кустом и ела тонкую сухую лепешку. Теперь и я чуял кровь, но не мог понять, где источник. Раненой Эба не выглядела. Она выглядела беспечной и глупой.

Завидев меня, обрадовалась и заплескала руками, а я стоял над ней как дурак, в боевой стойке и с ножом наизготовку.

– Иди домой, – как можно суровее сказал я Эбе, а она в ответ подскочила на своих коротеньких ножках и расправила намотанные на ней тряпки. Телосложение у нее было странным – сильно выпуклым посередине, на тоненьких косточках.

Лужа остро пахнущей крови оказалась прямо под ней, в ней она и стояла, переступая босыми ногами.

Пришлось достать аптечку. Я мысленно отсчитывал отведенное мне Квоттербеком время и торопился. В аптечке у меня был коллагеновый заменитель крови и пакетик с искусственными универсальными тканями. Оставалось найти, куда впихнуть эти медикаменты, и догонять своих.

– Где рана? – спросил я у Эбы.

Эба воззрилась на меня.

Видимо, специалистом в нашем языке она не являлась.

– Болит где?

– Болит, – жалобно сказала Эба и добавила: – Я вылечусь.

У меня ум за разум зашел от общения с этим существом, поэтому в полном отчаянии я перевел передатчик на волну Лайнмена и признался, что мои действия зашли в тупик.

– Плохо понимает и говорит? – переспросил Лайнмен. – Много крови?

Я спихнул Эбу с лужи, посмотрел:

– Много. Рана где-то под тряпками, но она не показывает, а трогать ее я не собираюсь.

– Возвращайся, что ли... – неуверенно сказал Лайн. – Никого вокруг вас я не вижу, доберется домой сама.

Я отключил волну и повернулся к Эбе, чтобы еще раз отправить ее домой, но тут ее маленькое личико скорчилось и посерело. Она раскрыла рот и завопила так, что мне вспомнился ревун «Доброго».

Мои нервы сдали окончательно, я схватил эту Эбу в охапку и кинулся с ней назад по тропинке. Больше всего мне хотелось, чтобы Квоттербек сам увидел и оценил масштабы катастрофы и заодно сказал, что с этим делать.

Эба была совсем легкой, но какой-то разбалансированной – посередине плотной и надутой, а по бокам брыкающейся. Она попеременно то выла, то молчала и дышала наподобие нашего Лайна, и рукав моей куртки вымок в ее крови.

За меня она держалась по-беличьи цепко и удержалась бы, даже если бы я отпустил руки.

– Раннинг, что там у тебя? – заранее забеспокоился Лайнмен, и ему было о чем волноваться – я выскочил перед ним с орущей Эбой на руках, растерянный и взъерошенный.

– Эта штука умирает, – сказал я. – Если ее там бросить, она умрет совсем.

Лайнмен долго смотрел на Эбу в нерешительности, а потом взвалил «Иглу» на плечи.

– Да уж, – только и сказал он.

Мы нагнали Квоттербека и Тайтэнда ровно через тридцать одну минуту после того, как был отдан приказ. Они остановились на границе с лесом – не таким, как возле селения, а древним, темным, с плотной грозовой кроной.

– Раннинг! – ахнул Тайтэнд, завидев нас. Он даже про Солнце забыл, так и оставил его на траве.

Квоттербек остановил его жестом и подошел ближе. Несколько секунд он смотрел в лицо Эбы – та лежала с закрытыми глазами и держалась за мой рукав побелевшими пальцами. Потом он повернулся и задумчивым взглядом окинул лес.

– Тайтэнд, поищи укрытие.

– Заберите ее у меня, – выдохнул я. Мне казалось, что из меня вытянута вся моя сила, что я истощен и обнулен, и потому злился на глупую Эбу, из рук которой нельзя, по-хорошему, брать даже оружие.

– Да пошел ты на хер! – взвился Тайтэнд. На этот раз он злился сильно и всерьез. – Ты нас всех подставляешь, недоделка чертова! Знал бы, попросил бы замену еще на первой линии!

Лайнмен стоял сумрачным и отрешенным. Он тоже не собирался трогать Эбу.

– Я не буду ничего искать, – решительно бросил Квоттербеку Тайтэнд. – Я голосую за дисквалификацию Раннинга.

Он сел на сухую траву и сложил руки на колене.

Тут я понял, что доигрался. Мой изъян меня подвел, и сделать с этим я ничего не мог. Оставалось только ждать – что скажет Лайнмен и что скажет Квоттербек.

А пока я держал на руках хнычущую Эбу и чувствовал, что у самого глотка перекрыта тяжелой болью.

Глава 3

– Я думаю, – заранее отдышавшись, медленно начал Лайнмен, не глядя на меня, – что после того, что... Я думаю, что Раннинг больше не подходит для Матча.

Он сказал и прямо, безбоязненно посмотрел на Квоттербека.

– Два голоса за дисквалификацию, – подытожил Тайтэнд. – До четвертой линии мы имеем право на замену.

Это был смертный приговор. Они выбивали меня на штрафную и прекрасно знали, что мне там не протянуть даже часа. Оба знали, но избавлялись от меня так же просто, как от кролика за ужином.

Я стоял, покачиваясь, с орущей Эбой на руках, и не мог ее даже в траву выкинуть, потому что застыл и все мышцы свело.

Мне слышался уже гул вертолетных лопастей и виделся ад штрафной.

Не знаю, на что я там уж был похож, но Квоттербек долго размышлял, не вынося окончательного приговора.

Он смотрел сначала вниз, на сухую траву под ботинками, и длинные ресницы его держались прямо и недвижимо, а губы поджались жестко, в белый шрам, яркий на смуглом лице.

Услышь мои молитвы, Квоттербек, скажи им – нет, ведь я достоин того, чтобы закинуть Солнце на ветку...

Я не знаю, что он там услышал, но несколько минут спустя, подняв голову и посмотрев мне в глаза, он наложил вето на решение команды с той оговоркой, что я обязан буду доказать голосующим, что не утратил боевой дух и не ослаб под влиянием Женской Сути.

Проще говоря, он выставил меня против Тайта и Лайна и таким образом дал шанс выжить.

– Хорошо, – буркнул Тайтэнд. – Не проблема.

И Лайнмен согласно кивнул, а потом оба они, не глядя на меня, принялись исполнять приказы – искать укрытие и разведывать территорию.

А я остался на сухой траве, положил Эбу рядом и сел, оглушенный и бездумный, не реагируя ни на что.

Пугающая Женская Суть, подставившая меня под удар, возилась на траве, хныча и сворачиваясь. Она была маленькая, намного меньше меня, легкого маневренного Раннинга, и выглядела совсем безопасной, но в ней была заключена страшная сила слабости, на которую я поддался и которой мог заразиться, чего так боялись Тайт и Лайнмен. Я размышлял: во мне нет ни единой клетки, ни единого гормона, присущего Женщинам, я рожден по правилу Аттама, так как же эта Слабость может проникнуть в меня? Изменить мой набор хромосом, вмешаться в мой генетический код, отравить кровь?

С пищей, с прикосновениями, с шитьем?

Мне было всего девять месяцев, такой информации я еще не получил и вынужден был додумываться сам, но так и не нашел ответа. Я знал только, что даже Служители Монастырщины отделены от Служительниц Эбы, хотя ни те ни другие не рождены по правилу Аттама.

Причин я не знал, но видел подтверждение – Мужчины в местном селении... хилые, сухие, тощие. Они все поражены Слабостью, потому что едят пищу, приготовленную Женщинами, и часто их касаются.

Я посмотрел на свою руку, заляпанную кровью. Мне показалось, что она тоже усохла и стала меньше.

И как мне теперь выстоять против Тайта и Лайнмена? Я же... ослабел.

Странным было и то, что я не злился на Эбу. Злился я только на себя, и то как-то отстраненно.

Квоттербек сидел недалеко на пригорке, опершись на автомат, и не обращал на меня внимания, и помощи у него я тоже не искал.

Тайтэнд вернулся, сообщил, что нашел укрытие, и повел нас в лес. Я снова взвалил на себя Эбу и пошел поодаль. Во мне не осталось ни капли боевого духа, я был унижен и опустошен до дна. А значит, обречен.

Тайт нашел подрытую под корнями гигантского дерева пещеру. Снаружи ее пологом закрывали какие-то висячие растения, а изнутри она была сухой и песчаной. Я наломал плотных листьев местного лопуха, устроил Эбу на них в глубине пещеры и остался рядом.

Снаружи развели огонь на бездымных шашках – я учуял запах, переговаривались вполголоса, но ни о чем: то подай рюкзак, то где консервы...

Потом запахло едой, но я не вышел. Нащупал фляжку с остатками бульона, но не смог сделать ни глотка. Тогда я влил бульон в умирающую Эбу. Она жадно выглотала его, но осталась все такой же слабой и корчащейся.

Из своей аптечки я вытащил капсулы с витаминами и тоже отдал ей. Мне это все, скорее всего, уже не пригодится.

Эба покорно съела витамины и снова начала подвывать и бить ногами. Все эти ее тряпки вымокли, лицо стало совсем серым, и я все ждал, когда она умрет, потому что тошно было смотреть на маленькое глупое тело, обезображенное какими-то наростами.

Под ней опять образовалась лужа крови, лопухи стали скользкими и холодными, и я заставил себя выйти за новыми.

Уже темнело. В ступоре я не заметил, что провозился с Эбой несколько часов. Квоттербек сидел, прислонившись спиной к шершавому серому стволу, уходящему в лиственную тьму, и занимался картой.

Тайт закапывал Солнце, а Лайнмен выгружал имеющееся у него оружие. Мы явно оставались на ночевку, несмотря на все опасения Квоттербека по поводу Волков. Почему, думал я, ломая лопухи. Почему бы сразу не провести дисквалификационный бой и не двинуться дальше к переходу? Ведь он совсем рядом. С гор спускается холодный воздух, я его чувствую. Несколько часов – и третья линия...

С лопухами я вернулся в пещеру, старательно обойдя стоянку.

На глаза никому попадаться не хотелось.

Эбу я спихнул с прежнего места и переложил на новое. Она закрыла глаза и утихла. Становилось холодно, ночь здесь подкрадывалась быстро. От нечего делать я накрыл Эбу курткой и начал рисовать что-то на песке. Рисовать я не умел, получались палочки и треугольнички, но я увлекся и очнулся только тогда, когда услышал длинный звериный вой, доносящийся снаружи и издалека.

Эба тоже услышала и завизжала.

– Тихо, – сказал я ей и для наглядности зажал ей рот ладонью. – Вот так лежи.

– Волки, – вполне осмысленно ответила Эба и заплакала.

В пещеру, отведя автоматом полог из растений, заглянул Квоттербек.

– Раннинг, – позвал он. – Я тебя со счетов еще не списывал. Давай, подключайся.

Пока я соображал, в чем дело, он прошел внутрь, наклонив голову, внимательно рассмотрел Эбу и сказал ей:

– Не кричать, поняла? Тихо лежать. Иначе Волки услышат и убьют вас. Мы не спасем, если ты будешь кричать.

– Кто это – Волки? – успел спросить я, выходя следом за ним.

– Их везде по-разному называют, – ответил Квоттербек. – У кого – Волки, у кого – Акулы... Но они везде одинаковые – пытаются отбить у команд снаряжение. По их мнению, мы с собой таскаем просто бесценные приспособления. Жалко, что линия наша, иначе набрали бы на них очков.

Он был так уверен в том, что эти Волки совершенно для нас не опасны, что я тоже приободрился.

За то время, пока я отсиживался в пещере, Тайт и Лайнмен успели соорудить целое укрепление – только опытным глазом видимые преграды, которые держались на ветвях и сучьях и не бросались в глаза, если не присматриваться. Тайтэнд разматывал тонкие лески и уводил их куда-то в чащу, Лайнмен прикрывал дерном носители-ракетницы и стаскивал в одну кучу наломанные ветки.

Эти-то ветки и поручил моему вниманию Квоттербек. Я должен был уйти с ними влево и там, на удобной полянке, создать видимость укрытия. Дело было несложным, и заодно мне не нужно было ни с кем общаться, поэтому я с радостью утащил первую охапку веток и нагромоздил их на полянке, предварительно вытоптав в округе траву, и не поленился – парой-тройкой забегов создал отчетливую тропу.

Возле нашего лагеря тропы не было, все мы умели ходить так, чтобы трава не казалась примятой.

Пока я работал над фальшивым лагерем, небо окончательно почернело, и выступила на нем тонкая белая луна.

Волчий вой раздался ближе, и к нему прибавилось какое-то улюлюканье и сатанинский хриплый хохот. На кой черт Волки обозначали свое присутствие, я понять не мог до тех пор, пока они не утихли и наступившая мертвая тишина не ввергла меня в ощущение полной дезориентации. Прежде я мог сказать – Волки на севере, они орали там... а где Волки теперь? По-прежнему идут с севера или изменили направление и обходят нас с другой стороны?

Оставив в центре поляны дымовую шашку, имитирующую плохо потушенный костер, я медленно и тихо убрался к пещере, из которой не доносилось ни звука. На всякий случай я сунулся туда и послушал дыхание – жива.

На выходе меня подхватила тяжелая сильная рука и потащила наверх. Я поддался и ухватился за выступающие корни.

У основания корней нашлась небольшая ямка, куда я втиснулся почти целиком, полностью защитив спину, а спереди прикрывшись автоматом.

В моем шлеме слышались помехи и треск, а потом все разом смолкло, зато упала на глаза расчерченная на квадраты сетка теплового зрения. Это означало, что Квоттербек не пожалел энергии и одарил нас всех способностью Лайнмена. Я впервые с таким сталкивался, поэтому с любопытством принялся вертеть головой, привыкая к забавному цветовому диапазону. Меня поначалу сбивали с толку многочисленные птицы и зверье, но потом я обнаружил, что их можно отключить и не видеть вовсе, что я и сделал, когда очередной кролик заставил меня схватиться за автомат.

– Внимание... – шепнул Квоттербек спустя несколько минут. Я вскинул голову и окончательно растерялся.

В трех сотнях метров от меня крался с «Иглой» на плече Лайнмен. Шлем подсветил его зеленым дружественным светом, а вот согнувшиеся фигурки за ним – красным. Замыкала шествие фигурка, на определении которой шлем сошел с ума, потому что поделил он ее ровно напополам – зеленым очертил торс и плечи, а ноги и голову – красным.

Какие-то из этих конечностей являлись шлему дружественным, а какие-то нет... и я не удержался:

– Как эта штука работает?

– Хорошо работает, – отозвался Лайнмен, и я понял, что команда висит на одной волне.

Вся светящаяся толпа гусеницей ползла к псевдолагерю, но делала это так небрежно, что стало ясно – они через обманку собираются выйти к настоящей стоянке и хорошо осознают, что здесь им ничего не грозит.

Во главе с Лайнменом толпа собралась вокруг дымовой шашки, посудачила и разошлась пятиконечной звездой.

Один такой луч пополз и в нашу сторону, и я вдруг поймал в наушник что-то, отдаленно похожее на их переговоры, но линия сразу оборвалась.

– Заглушки, – констатировал невидимый Тайтэнд. – Примитивно, но мощно.

«Луч», двинувшийся в нашу сторону, почти добрался до первых западней, но почему-то сгрудился возле и дальше не пошел.

– Плохо, – сказал Квоттербек, – чем-то они нас открывают. Лайнмен, присмотрись к костюмчику.

– А что тут... – ответил Лайн. – Это пятьдесят шестой «Корпус» третьего диапазона. Использовался в третьем и четвертом сезоне на поле имени собаки Виски.

В этот момент мне показалось, что Лайн где-то подцепил горячку, но Квоттербек его понял.

– Наши ловушки он уже распознает, значит.

– Не все, – подумав, ответил Лайнмен. – Закопанные ракетницы он не определит. А вот растяжки – стопроцентно да.

Тут до меня наконец дошло, что не сам Лайнмен шарится там по кустам во главе отряда Волков, а костюм, бронированный костюм Лайнмен-класса, который нацепил на себя какой-то мародер.

– Значит, будут сидеть осадой, – фыркнул Тайтэнд, – я все там затянул, мышь не проскочит.

В это время все лучи звезды свернулись и потащились в нашу сторону. Костюм пер впереди.

– Не будут они осаду держать, – сказал Квоттербек. – У него шлем. Они будут пристреливаться.

В ответ ему вдали собрался беззвучный синий тугой луч, напрягся и вдарил. Меня вышвырнуло из ямки и засыпало песком. Грохот прокатился сбоку и эхом завяз среди исполинских деревьев. Кустарник затлел, разбрасывая оранжевые искры, а потом занялся с отчетливым шипением.

– Раннинг!

Я понял, вскочил на ноги, загреб пустым рюкзаком столько песка, сколько смог, и рванулся к кустам. Мне повезло – загорелись только самые тонкие ветки, и я легко затоптал их ботинками и присыпал сверху. Повалил едкий дым, заслонивший пещеру и наше базовое дерево.

Сбоку в защите Тайтэнда образовалась дыра, выбитая «Иглой». Волки тут же радостно побежали туда, не особо остерегаясь, поэтому нескольких из них все же прихватило лесками, и на моих глазах их силуэты разваливало вдоль или пополам, и они медленно гасли, переставая быть целями.

Внимание шлема сосредоточилось на самых ближайших противниках – один крался, как заправский шпион, прячась за деревьями и припадая к земле, второй просто бодро бежал вперед, держа наперевес какое-то оружие.

Волки были неорганизованны, это я заметил с удовлетворением, поэтому вернулся назад и залез в свою ямку, ожидая приказов.

В это время Тайтэнд и Лайнмен уже работали сообща.

Только и слышалось:

– Двадцать восьмой. Семнадцатый. Шестой.

И взлетали, падали, разваливались маленькие человечки на вкопанных в землю капсулах осветительных ракет. Били ракеты здорово – поднимались в воздух яркими звездами, на секунду освещали весь лес мертвенно-белым светом и вносили панику и дезорганизацию и без того в нестройные ряды Волков.

– Лайнмен, давай-ка ему в обратную, пока перезарядиться не успел, – сказал Квоттербек, и теперь уже с нашей стороны ощетинилась синим лучом грозная «Игла».

И снова гул захватил лес, пропахал в нем глубокую рану, повалил несколько деревьев и утих вдали.

Меня уже трясти начало от противостояния «Игл», но тут добавилась новая напасть – как сухой град, застучали вокруг щелчки обычных выстрелов. Стреляли из разболтанных стволов, но так часто и густо, что в итоге обязательно в кого-нибудь попали бы.

Я оказался на линии огня, поэтому уткнулся лицом в песок и в один момент слился с ним воедино, впечатался в рельеф с погрешностью в ноль целых ноль десятых, иначе ходить бы мне до конца дней с дыркой в голове.

Сверху летели щепа и ветки. Упало совсем рядом любовно сплетенное какими-то птахами гнездо.

Такая атака приводила меня в бешенство, хотелось встать, схватить автомат и показать недоумкам, как надо стрелять, но в глубине моего сознания еще жила капля благоразумия, поэтому я лежал тихо и только сильнее вжимался в ямку, как только песок поддавался хоть на миллиметр.

Мой шлем, приняв такие игры за чрезвычайную обстановку, с упорством истинного союзника выделял мне красным зажатого между шилдкавером и песком муравья и настойчиво брал его в таргет.

И все-таки меня задело. Неуклюжая, не отболевшая еще свое рука предательски высунулась наружу и поймала пулю ровно тем же местом, где прежде вывернуло кусок мышц сетью «Доброго». Снаряд второй раз упал в ту же воронку, и это было так больно и неожиданно, что я просто взвыл сквозь сжатые зубы и на минуту разучился дышать.

– Стоп! Дай им войти в круг.

– Раннинг?

– Воет, значит, башка на месте...

– Пятнадцать... десять... пять... Заряжайся, Лайн.

– А вот там тоже уже успели зарядиться...

– Только нам бежать некуда, а им на лески.

– Раннинг?

Да тут Раннинг, хотел ответить я, но просто валялся и хватал ртом воздух.

– Уходим, Раннинг! У-хо-дим!

Я понимал – к нам пристрелялись, перезарядились... И сейчас грохнут прицельно. Но еще я понимал, что сам загнал под это дерево полумертвую Эбу, и потому... Потому, когда снова начал набирать пульсирующей силы синий луч, я скатился вниз и нырнул в пещеру и там впечатал в стену мокрую и глупую Эбу, которая сидела в уголке и держала на руках какого-то зверька.

Взрыв раскатился прямо над нами. Я оглох и ослеп который раз за неделю, но сумел выгнуться так, чтобы закрыть Эбу от посыпавшейся сверху лавины горячего песка и кусков коры.

Посыпалось все это не прямиком вниз, а по какой-то изогнутой траектории, но зато потом дело завершило рухнувшее в полуметре от нас исполинское дерево, пережженное посередине, словно какая-нибудь спичка. Оно тлело, но не разгоралось – слишком полнокровным оказался ствол.

Когда я обрел способность видеть и отбросил шилдкавер, который растрясло до полной бесполезности, то увидел в темноте раскрытый в ужасе рот Эбы и ее руки, сжимающие то ли кролика, то ли барсука.

– Да выкинь ты его! – проорал я ей на ухо.

– Раннинг!

– Живой.

– Беседует там с кем-то.

– Раннинг, накинь шилдкавер, я тебе квадрат подсвечиваю.

– Он сломался, – сказал я.

– Тогда беги на северо-запад.

Я снова подхватил на руки Эбу вместе с этим ее барсуком и выкопался спиной вперед.

На черном небе догорала последняя ракетница, ее ветром сносило вниз, и видно было только верхушки деревьев, а больше ничего, но мне было достаточно, чтобы определить направление.

Я побежал, пригибаясь настолько, насколько мне позволял вес Эбы. Хорошо, что ходил здесь днем – ноги помнили каждую кочку, а появившиеся преграды в виде поваленных деревьев я перепрыгивал на чистом автопилоте.

Все еще щелкали вокруг выстрелы, но уже неуверенно, как последние капли дождя, и попасться на них мог только круглый дурак. Метнулась однажды навстречу длинная тощая тень и успела даже замахнуться и сбить с меня расстегнувшийся шлем, но я отпустил завизжавшую Эбу и с остервенением прошелся по плотному чужому телу лезвием ножа. Тело отвалилось в сторону, я снова подхватил Эбу и свернул в заросли тлеющего кустарника, надеясь, что в эту дымовую завесу за мной никто не полезет.

– Заряда больше нет, – сказал Лайнмен.

– Волки тоже кончились, – ответил ему Квоттербек, и одновременно с этой его фразой я рухнул с какого-то обрыва и покатился вниз, кое-как закрывая собой Эбу.

И там, внизу, мне в висок уткнулось дуло автомата.

– Встать, – приказал голос, обычный голос, извне, а не из наушника.

Я медленно поднялся и увидел наглую ухмыляющуюся рожу Тайтэнда.

– Я тебя прикончу, Тайт, – выдохнул я и тут же вспомнил, что в моей нынешней ситуации нет ничего невозможного.

До утра мы отсиживались в овраге, наспех обтянув его защитными лесками. Лайнмен заряжал «Иглу», сидя в сторонке, и выглядел очень довольным – он собственноручно лишил Волков их главного козыря и выиграл противостояние «Игл». Тайтэнд тоже был доволен собой – на его лесках по всему лесу были развешаны различные части человеческих тел, а Квоттербек никакого довольства не выражал, а занялся моей раной.

Он отвел меня в сторонку, посадил на землю и внимательно осмотрел то, что сделала пуля с только-только заживленной мышцей. Оказалось, она разворотила и нарощенную ткань, и мою собственную, поэтому теперь было непонятно, куда лить искусственный наполнитель. Квоттербек ограничился тем, что заставил меня закусить ремень, и вытащил из раны пулю.

– Надо восстановить подвижность до того, как войдем в переход, – сказал он. – Если ты попадешь туда с такими повреждениями, переход их зафиксирует.

– А что мне нужно?

– Кусок мышцы. Выбирай донора, тебе никто не откажет.

Задал он мне задачку... я не мог обратиться к Тайту или Лайнмену, потому что и без того казался им обузой, но и просить о донорстве Квоттербека тоже не мог.

Так я сидел и молчал, держась рукой за плечо и заранее представляя весь мой нелегкий путь – с раной через переход, фиксация раны переходом, и вот на ринге инвалид, встречайте.

Шрамы куда ценнее гладких, нетронутых тел. Поэтому, сколько бы вы меня ни кромсали, толку не будет. Просто добавятся шрамы. Моя история и моя память.

Если после Матча я встретился бы со всей серией моего Квоттербека, то узнал бы его моментально... и не только по шраму на плече.

Квоттербек стал моим донором, кто же еще? Колдовал над пересадкой рукастый Тайтэнд. Он обложил обе раны салфетками, пропитанными антисептиком, обколол их со всех сторон, растянул щипцами и пересадил нужные ткани так же легко, как потрошил дичь. Рану Квоттербека он залил универсальным наполнителем и быстро зашил, сломав крючковатую иглу. Мою рану он зашил начисто, безо всяких искусственных добавок, и сверху заклеил теплым широким пластырем.

Впрочем, операцию сложнее представить трудно – при наших общих группах крови и близкородственных первичных заготовках.

После операции меня освободили от обязанности нести вахту, и я завалился спать, напрочь забыл про Эбу. Оказалось, о ней помнил Квоттербек, который скормил ей кое-что из наших запасов и поделился термоодеялом из запасов «Доброго».

Остаток ночи прошел спокойно. По очереди дежурили Тайт и Лайнмен, причем Тайтэнд сокрушался о пропавшем мешке с консервами и мешал мне спать, так что я пролежал до утра в какой-то болезненной полудреме, а вскочил с первой росой бодрый, хотя и несколько обескураженный.

Тайтэнд и Лайнмен сидели на корточках перед Эбой, и никто даже не собирался заниматься завтраком, хотя напряженная ночь требовала восстановления ресурсов.

– Иди посмотри, – позвал Лайнмен, заметив, что я проснулся.

Я подошел ближе.

– Никому не отдает, – сказал Тайтэнд и показательно потянул из рук Эбы завернутого в разноцветные тряпки зверька.

Эба тут же заверещала и умолкла, как только Тайт отпустил ткань.

– Я еще вчера ей говорил, чтобы выкинула, – сонно сказал я. – Кто хоть там?

– Уменьшенный вариант Эбы, – сказал Тайтэнд.

Лайнмен без слов схватил меня за шею и пригнул тяжелой рукой. Пришлось присмотреться, и то, что я увидел, совсем сбило меня с толку. Эба с готовностью развернула передо мной тряпки и показала желтого, пузатого и корчащегося лысого зверька, который был вообще ни на что не похож.

– Подержи, – просительно сказала Эба и сложила ладони чашечкой, рискуя уронить зверька со своих колен. – Подержи. – И на тот случай, если я не понял, показала, как держат предметы такого размера.

– Зачем он мне?..

– Тайт говорит, это вторая Эба, – сообщил мне Лайнмен, недоверчиво косясь то на Эбу, то на ее зверька.

– Это не Эба, это мальчик, – сказал Квоттербек, остановившийся позади нас. В руках у него был мой потерянный ночью шлем, за плечами – Солнце.

Он заинтересованно и спокойно смотрел вниз.

– Раннинг, возьми и подержи, ты его и так всю ночь таскал.

– А откуда он взялся?

Видимо, не меня одного волновал этот вопрос, потому что к Квоттербеку одновременно в ожидании ответа повернулись все трое.

Я тогда увидел, как растерялся Квоттербек. Он покачал головой в нерешительности, махнул на нас рукой и отошел, предварительно потрепав меня по затылку, как глупого щенка.

После его приказа я взял из рук Эбы теплое корчащееся тельце в окровавленных ярких тряпках и подержал его немного на весу.

– Теперь он такой будет, – с гордостью сказала Эба, и ее выпуклые глаза засветились радостью. – Будет такой же. Сильный.

Я понял. Сидя на дне оврага ранним утром, пропыленный и голодный, с этим существом на руках, я наконец понял, зачем гонялась за мной Эба. Она не хотела опутать меня своей Слабостью, она хотела занять моей Силы для совершенно беззащитного мальчика, который был для нее так важен.

И странно, но, как только я понял это, вся моя сила и мой боевой дух вернулись на место и пришло понимание, что за участие в Матче стоит бороться, и бороться именно с сильнейшими, с Тайтом и Лайнменом, а не уйти, позорно проиграв второй линии и собственной, а не Женской Слабости.

С Эбой мы расстались через несколько часов. Она уверила нас, что Волкам не нужны неинтересные вещи, а интересных у нее нет, поэтому доберется она без приключений. Уверила и пошлепала босыми ногами по пыльному полю.

Мы же развернулись и пошли в противоположную сторону.

– Я все понимаю, – через некоторое время сказал Тайтэнд. – Теперь он будет таким же сильным. Но при чем здесь Раннинг?

Глава 4

В лесу мы собирали грибы. Интересное занятие, даже в чем-то радостное. Поначалу их совсем не было, но, когда мы миновали зону ночного побоища, где Лайн, к слову, нашел обугленные остатки того самого костюма, лес стал другим. Исчезли разнотравье и мелкий кустарник. Свет не проникал сквозь кроны деревьев, и на слое опавшей листвы ничего не росло. Кроме грибов. Их приказал собирать Квоттербек, показал, как искать, и распаковал анализатор.

Мы быстро втянулись и внесли соревновательный момент, без которого, как известно, Игрок не Игрок. Сначала Тайтэнд собирал против нас с Лайном, но потом он начал проигрывать и согласился дальше собирать только каждый сам за себя.

В конце концов он все-таки проиграл по количеству, но притащил такого чудовищного размера гриб, что даже Лайнмену пришлось держать его обеими руками. Гриб был густо-лиловым, как мои волосы, чешуйчатым и страшным.

Я бы с ним рядом долго не протянул, например. Тайт автоматически засчитал размер и ужасный вид гриба за победу и уклонился от продолжения соревнования.

Весь этот сбор Квоттербек насадил на иглу анализатора, проверил показания, но ничего интересного, видимо, не нашел. Лилового монстра он рассмотрел с интересом, для сравнения поглядывая на меня, – да, черт, мы с ним были цвет в цвет, ну и что из этого?

– Это Адские Врата, – пояснил он, не прибегая к анализатору, – так он называется официально, а Игроки называют его просто Штрафным.

Это значило, что грибок открывает переход, через который не перейти. Он попросту бесполезен. Квоттербек мою точку зрения не разделял. Он даже остановился из-за этой штуки, вымыл ее техническим раствором и закатал в колбу. Гриб после обработки полинял, печально свесил края шляпки и в колбе выглядел совсем грустным.

– Смотри, – сказал Тайт. – Раннинг в детстве.

Лайнмен засмеялся, а потом принялся кашлять и заглушил остальные шутки Тайта.

Квоттербек посмотрел через плечо. Он тоже улыбался, а когда он улыбался, я начинал радоваться. Ощущал маленькое тепло где-то между ребрами. Маленькое персональное тепло.

– Все остальное годится только в пищу, – подытожил Квоттербек. – Ничего со свойством перехода. Разные брали?

– Весь лес принесли, – отозвался Лайнмен. – Я вот сейчас иду, и все грибы знакомые...

Я тоже мог о каждой поганке целую историю рассказать, ведь рыскали и собирали мы часа три.

– Мы сейчас упремся в каменную стену, – сказал Квоттербек, и мы в нее уперлись.

Это была самая прекрасная иллюзия из мной виденных. Деревья этого леса, сильные и крепкие, с течением столетий вскарабкивались и укреплялись на почти отвесной скале и там, выживая в трещинах и расщелинах, умудрялись выпрямиться и сделать вид, что так им и положено расти и не приложено для этого стольких усилий...

То есть лес вдруг оказался загнут, как был бы загнут угол плотного ковра, и поднимался над нами, создав иллюзию кубом собранного мира.

Это было красиво и внушительно. Я понимал такие вещи, как понимал собственное желание закинуть Солнце на ветку.

– Сейчас твоя смена, Раннинг, – сказал Квоттербек и расстегнул ремни. – Но идти нам все равно пока некуда. Поэтому побегай налегке.

Он расстегивал ремни, и у него на руках оставались красные ожоговые полосы. Вода для мытья рук больше не годилась – только термогель.

– Куда бежать? – с готовностью спросил я.

– По окрестностям. Лайн за тобой последит одним глазом. А ты бегай и делай все точно так же, как делал на первой линии, когда нашел нам переход.

– Траву разную руками хватал, – вспомнил я.

– Вот, похватай траву.

Он должен был добавить что-то вроде «не ешь больше ничего в одиночку», но не добавил.

Лайнмен накинул шилдкавер, отметил меня у себя на поле и снова откинул экран. Кивнул мне, мол, беги, и я скрылся.

Поначалу мое внимание притягивали только те грибы, которые мы уже видели раньше. Я забраковал подобный образ мышления и приказал себе исключить прежние находки из поля зрения. Так стало легче, но ненамного – в лесу не осталось вообще ничего съестного.

Зато образовалось время подумать. Я не понимал, почему Квоттербек тянет с дисквалификационным боем. У нас было целое утро и целый день, но он ни словом не обмолвился о том, что я должен доказать свою пригодность к Матчу. Вряд ли он забыл... и наверняка сейчас тем же вопросом задаются Лайнмен и Тайтэнд, и кто-нибудь рано или поздно напомнит ему. Я уже не боялся, но ожидание изматывало. Сложно быть чужим среди своих.

Команда – то, за что стоит держаться изо всех сил, я готов был эти силы приложить, но Квоттербек все тянул...

Я сделал небольшой круг и побежал по спирали, расширяя его.

По пути мне попалось еще одно лесное чудо – дерево, обхватить которое не смогла бы даже вся ночная делегация Волков, если бы им вздумалось взяться за руки и попробовать его обхватить. В трещины коры помещалась моя рука. Выступающие корни я перепрыгивал с небольшого разбега.

Оно было удивительно, это дерево, и с южной его стороны я обнаружил природную лесенку из широких рыжих наростов. Наросты были явно живыми, чуть влажными, но плотными, как пластик. Я поставил на один из них ногу и оценил сопротивление. По всему выходило, что чудо-лесенка выдержит мой вес, поэтому я без колебаний принялся карабкаться наверх, надеясь добраться хотя бы до кроны.

Я про себя отсчитывал метры и, добравшись до двадцати, услышал в наушнике голос Лайнмена:

– Раннинг, с тобой все в порядке? Ты поднимаешься по вертикали.

– На дерево лезу, – ответил я. – Еще метров десять, и станет ясно, был ли смысл.

Лайнмен подумал немного и отключился со слышимым щелчком.

Обычно целесообразность действия просчитывается до начала действия, а не после него.

Об этом я думал, когда летел вниз с дерева. Чертовы наросты меня подвели, а все потому, что ближе к кроне кора дерева стала рыхлой и ненадежной.

Чем ближе к кроне, тем больше шансов увидеть, что дерево сгнило, что его источили множественные зверьки и жучки, что сердцевину выгрызли и заменили трупами насекомых и лесных мышей, что живет оно только благодаря тому, что корни его крепко держатся за землю.

Я смог задержать свое падение всеми возможными способами – хватался за доступные мне ветки и сучья, а еще успел задействовать парашют, который не смог раскрыться. Парашют было жалко. Эта штука вшивалась в наши куртки и являлась одноразовой подмогой на экстренный случай падения с высоты.

Он меня действительно спас, но только тем, что у самой земли раздулся уродливым неправильным пузырем, перевернул меня и утащил куда-то в сторону, а там приостановил об ствол тощей рыжей сосны.

Отдыхая потом под этой сосной, я смотрел на сбросившее меня дерево и ощущал явственный призыв рискнуть еще, а не получится – еще раз и все-таки покорить его вершину.

Мы все такие, иначе бы не считали, что Спорт важнее всего.

Азартные Игроки, взявшие на плечи Солнце. Взявшие на плечи Луну.

Я не хотел бы быть другим. Спасибо правилам Аттама и Фиолетовым Колбам, выпустившим пятерку упорных Раннингов, Раннингов с легким изъяном психики.

После падения в моих руках остались зажаты куски тех самых «ступенек». Я осторожно понюхал – пахло грибами, а мякоть выглядела губчатой, хотя и была очень плотной.

– А грибы обязательно должны расти на земле? – ворвался я в волну Лайнмена.

– Ты в порядке, Раннинг?

Я понял, почему он спрашивает. Если ему был виден вертикальный подъем, то быстрый вертикальный спуск он тоже отследил.

– Да, у меня же шлем... куртка.

– Квоттербек говорит, неси все, что нашел.

Анализатор показал, что моя находка полна веществами, необходимыми для перехода со второй на третью линию. Квоттербек разрезал древесный нарост на равные брусочки и раздал их нам.

Мякоть оказалась горькой, освежающей, я съел свой кусочек и присел возле Солнца, наблюдая, как оно перебирает разноцветные огоньки на своих панелях. Через несколько минут стало невыносимо жарко, и я пошел в глубокую черную расщелину, откуда веяло прохладой.

Открывшийся коридор оказался очень узким, Лайнмен шел впереди, слегка согнув плечи. За ним волочился истерзанный, очень странный кусок мяса. Толком разглядеть его я не мог, но форма была знакомая. Кусок бился о камни, Лайнмен хрипел и кашлял. Я легко обогнал его, как только коридор расширился.

Теперь впереди шагал Тайт, на его шлеме болтался дурацкий кусок заячьего меха, а позади бежала маленькая рыжая лисичка. Он постоянно на нее оглядывался, а она то усаживалась почесать ушко, то принималась копать землю. Тайтэнда я тоже обошел без проблем и оказался прямо за Квоттербеком. Квоттербек нес Солнце.

В темноте оно сияло, как настоящая звезда, и вспыхивало ярче, когда над нашими головами открывались подземные рудные и алмазные жилы.

Квоттербека я обогнать не мог. Он шел ровным размеренным шагом, который невозможно обойти. Каждый раз, когда он ставил ногу на землю, я отчетливо видел – при такой постановке ступни достаточно будет терции секунды, чтобы сорваться с места и набрать максимальную скорость в течение последующих трех.

Позади хлюпало, бормотало и кашляло. Тайтэнд все уговаривал свою лису отказаться от копания нор, Лайнмен тащил за собой несчастное обескровленное мясо.

Потом они отстали окончательно, но за мной все равно слышались чьи-то шаги. Я упорно смотрел в затылок Квоттербеку, не желая видеть того, кто идет позади.

Я старался изо всех сил, но меня подвел расширенный обзор зрения. Сбоку, не обгоняя, но наравне, выплыло лицо Квоттербека. Того же самого, но совершенно мертвого. С него кусками сыпалась кожа и высохшее мясо.

Пока он шел и меня не трогал, я ничего не имел против, но он вцепился в меня руками и повалил на землю, ногой в истлевшем ботинке надавил на грудь и приказал молчать, поднеся палец к разодранным губам.

Он был легким, я мог дышать, мог сопротивляться, но предпочел раскинуть руки и закричать.

Эхо крика гулом пронеслось по темному подземному коридору, и снова донеслось бормотание Тайтэнда и кашель Лайна.

Орал я до тех пор, пока мне не прикрыли ладонью рот. Тогда я выгнулся, завозился и открыл глаза.

Горел костер, и Тайтэнд варил грибной суп, разложив рядом свой пакетик со специями. Лайнмен выглядел бледным, но тоже сидел спокойно. Один я брыкался и дрожал, хотя Квоттербек и держал меня за плечи.

Переходы я переносил хуже всех. Мне сильно мешали эмоции, которые я испытывал, теряя контроль над ситуацией, а еще Квоттербек сказал, что у меня богатое воображение. Как раз тогда и сказал.

– Я видел тебя мертвым, – сообщил я, как только он убрал ладонь с моего рта.

– У тебя богатое воображение, – хмыкнул Квоттербек, задумался и добавил: – Это хорошая примета.

На этот раз мы висели не на горном плато, а на странной, очень плотной и одуряюще пахнущей почве, которая не рассыпалась, а отваливалась кусочками, если попробовать воткнуть в нее нож.

Тайтэнд развел костер в центре круглой, словно ринг, площадки с равномерно загнутыми краями. Блюдце, а не площадка. Растительности здесь не оказалось, землю покрывал нежный пушок. Огонь занялся на реактивах, потому пах остро и был белого цвета с густой сиреневой сердцевиной. Солнце лежало поодаль и тихонько попискивало. Под ним уже обуглился здешний нежный мох.

– Вот вам и место для боя.

Вспомнил-таки. Я приподнялся и осмотрелся – для Раннинга это не место боя, а кладбище. Проще сразу зарыться и даже не пытаться – слишком мало неровностей, места, почвы...

– Как-то они усохли в переходе, – задумчиво сказал Тайт, вылавливая грибы из супа.

Лайнмен отвернулся и закашлялся. Теперь он не просто хрипел и булькал, а кашлял просто на разрыв, не успевая сделать вдох.

Его больно было слушать, и я сразу же начал искать спальник, чтобы завернуться и как можно быстрее заснуть.

– А что ты видел, Раннинг? – вдруг спросил меня Квоттербек.

– Впереди – живого, позади – мертвого, – быстро сформулировал я и раскатал спальник подальше от костра.

– А, – спокойно ответил Квоттербек, протянул руку и расстегнул ремешок моего шлема.

Я наклонил голову и отдал ему шлем.

Он заглянул внутрь, опустил шилдкавер и попросил у Тайта настройщик. Тайтэнд выполнил просьбу и снова занялся супом. Первую порцию, самую горячую, он отдал Лайнмену.

– Это не меня ты мертвым видел, – пояснил Квоттербек, водя чутким усом настройщика по разбитому шилдкаверу шлема. – Это односерийник.

– Здесь погибали Квоттербеки твоей серии? – заинтересовался Лайнмен, раскрасневшийся после нескольких глотков горячего.

– На каждой линии целое кладбище, – ответил Квоттербек. – «Добрый» убил Игрока Луны, Волки смогли убить какого-то Лайнмена и содрать с него броню и оружие. Это только то, что ты сам можешь рассказать. Я помню больше и уверен, что Квоттербек моей серии здесь не погибал.

– Но как тогда – односерийник...

– Дело в том, – начал Квоттербек, растягивая на пальцах зеленоватую сетку мышления моего шлема, – что раньше все были одинаковые. Тайтэнды, Лайнмены, Раннинги... все. Различались по способностям, а внешне – нет.

Некоторое время мы все молча переваривали информацию, а Квоттербек вращал на пальцах зеленую сетку и был занят только ею.

Не знаю, что там думали Лайн и Тайтэнд, но для меня новость была чудовищной. Пятерка моих односерийников – Раннинги, подготовленные к сезону, – разбрелись по разным полям, и это давало мне чувство индивидуальности, я мог говорить о себе в единственном числе и ощущать себя... личностью?

А как ощущали себя те Игроки, которые были одинаковы, совершенно одинаковы, и шли одной командой, чтобы на той стороне встретить команду точно таких же противников?

Это какая-то каша, это слишком неприятно...

Я разнервничался и не знал, как это скрыть. Мне хотелось дослушать Квоттербека, и в то же время слушать его было сложно, а задавать вопросы – тем более.

Тайтэнд молча поднялся, перешагнул через костер и подал Квоттербеку фляжку с супом. Квоттербек взял фляжку, но поставил ее рядом – он все еще возился с моим шлемом.

Я смотрел на него и пытался представить себе десять, двадцать таких же, черноволосых, смуглых, с длинными ресницами и светлыми губами Лайнменов и Тайтэндов... Но не мог.

Я мог представить его в колбе – с маской, накрывшей широкие скулы, с воротником-трубкой, всаженной в седьмой позвонок, а дальше мое богатое воображение пасовало.

Зато пришла мысль – наш Квоттербек очень старое порождение Аттама, он пришел еще из тех времен, когда в правилах не была заложена информация о внешних различиях.

Такая же идея, видимо, посетила и Лайнмена.

– А правда, что в Матче однажды участвовала собака?

Лайнмен и раньше упоминал какую-то собаку и поле, названное ее именем, но я не думал, что все так серьезно.

Квоттербек кивнул.

– Виски. Она прибилась к команде на первой же линии и добралась до пятой.

– А потом?

– Отравилась во время перехода.

– А правда, что Тайтэнд когда-то был вторым по значимости Игроком в команде? – Тайт тоже додумался.

– Нет. – Квоттербек смотал сетку и надел мой шлем, проверяя эффект от починки.

Тайтэнд дождался, пока он поднимет шилдкавер.

– Донести Солнце до ветки может любой, – не сдавался он. – А вот развесить на лесках кучу идиотов – только Тайтэнд.

– Во-первых, у Раннингов самое высокое стремление к победе, – ответил Квоттербек и снял шлем.

Я взял его, еще теплый от его рук, и постарался больше не отсвечивать, отодвинулся подальше в тень.

– Во-вторых, у них психика приспособлена к бегу по последней линии.

– А что там? – вдруг спросил Лайнмен, который во время разговора пытался вовсе не дышать.

Квоттербек повернул голову и безошибочно нашел меня глазами. Я сидел со шлемом на коленях и слушал вполуха, все пытаясь понять, каково это – видеть, как умирает твоя полная копия. И не раз, не два, а множество раз, из сезона в сезон.

И пока он смотрел на меня, чего-то ожидая, я думал только об этом, и потому произошло неловкое и странное столкновение: я физически ощутил Квоттербека, пробрался сквозь тело, сквозь все защиты и так явственно увидел мир его глазами, что выпустил шлем из похолодевших рук.

– Только тебе его починили, – проворчал Тайтэнд.

– Голодный, – напомнил Лайнмен и позвал: – Раннинг! Привыкай есть без напоминаний.

Я придвинулся к костру, и, пока ел горячий суп с плавающими в нем духовитыми лесными грибами, Тайт и Лайн наперебой допрашивали Квоттербека: а почему сняли с вооружения Лайнменов многозарядную «Гротеску», а почему Тайтэндам дополнительных витаминов не выдают, а нельзя ли Раннингов хоть на пять килограммов потяжелее делать, а бывали случаи, что команда выживала без Квоттербека?

– Да, – ответил Квоттербек. – Редко, но выживали. Это вам на заметку. Если меня закатает в Тревожную Смерть, то не паникуйте и не разбегайтесь – у вас будут шансы.

Потом он жестом остановил разговоры и сказал куда-то в темноту:

– Присоединяйся.

В ответ из-за моей спины вышел высокий человек с причудливо замотанным черной тканью лицом. Я чуть супом не подавился, а Лайнмен моментально выхватил из креплений по «Щелчку».

Человек на оружие внимания не обратил, у него самого на ремне болталось что-то явно огнестрельное, но браться за него он не стал, а просто остановился, запавшими глазами рассматривая Лайна.

Я сидел у него прямо под ногами и думал: раз не сумел его почувствовать и предупредить остальных, то не стоило на меня даже продукты переводить.

Лайнмен ждал приказа, Квоттербек приказа не отдавал.

– В этом сезоне за Луну? – спросил он.

– Да пришлось, – хрипло и скучающе сказал человек, поднял руки и размотал узлы, показав длинное небритое лицо и облупившийся нос с горбинкой.

– Мертвая зона, – напомнил нам Квоттербек, и все как-то расслабились, словно мертвая зона – это что-то вроде места для пикников. Лайнмен спрятал оружие, Тайтэнд собирал свои мешочки...

Наш ночной посетитель тоже особо обстановку не нагнетал. Он выхватил какую-то флягу, от которой Тайт сразу стал воротить нос, принялся оттуда глотать и бродить вокруг костра, размахивая руками.

Я утащил с его траектории спальник и уселся слушать.

Посетитель очень многословно и громко предлагал нам выкинуть Солнце к черту и не тащить через его земли. Он так и говорил: мои земли, – словно был местным царем.

– Я пятый раз лишаюсь всего, что добыл! – орал он, разбрызгивая из фляги вонючую жидкость. – Я пятый раз вижу здесь ваши рожи, и ничего хорошего они не предвещают! Тут не земля, тут тетракл! Чистый! Я его за цену один к семи на аукционах мог бы продать! И планету себе купить. Но нет! То Луну тащат, то Солнце. А взамен мне что от ваших святош? Сласти и божественные книжки? На кой мне читать божественные книжки, если я могу добыть тетракл и сбагрить его один к семи? Зачем мне жевать сласти, если я могу купить себе планету?

Квоттербек слушал его очень внимательно, скулы его закаменели. Я никак не мог понять, о чем речь, а Тайт, услышав про тетракл, тоже весь напрягся.

– Это знаешь что? – спросил он у меня. – Эту штуку еще поискать...

Я не знал и хотел спать.

– Бросайте Солнце здесь и идите строем на запад, я вам сам переход продам, лишь бы больше вас тут не видеть.

– Мы не можем оставить Солнце, – коротко ответил Квоттербек.

– Почему? – развернулся к нему длинный и сузил и без того припухшие глаза.

– Нас выбьют на штрафную в полном составе и заменят другой командой.

– Хитро как все у вас, – скрежеща зубами о флягу, выговорил длинный. – Ну тогда... ну тогда можете не извиняться, ребята, но я вас не пропущу.

Квоттербек согласился с этой странной фразой, и длинный ушел в темноту, покачиваясь.

– Эта линия болеет за Луну, – спокойно сказал Квоттербек, расстилая спальник. – Костер не гасим.

Рядом со мной на этот раз улегся Тайтэнд, и я точно знал, что он не спал полночи, а потом поднялся, ползком добрался до Квоттербека и что-то с жаром ему долго доказывал.

Видимо, ночные бдения его вымотали, потому что утром он поднялся бледным и злым. Лайнмен уже освобождал нам площадку для боя, растаскивал по сторонам рюкзаки и снаряжение. Солнце он тоже откатил в сторону, и оно застыло там, мигая красными и желтыми огнями. Я посмотрел на него – наш талисман, с которого все началось... и ради которого я должен обыграть Тайта. На Солнце уже невозможно было положить ладонь, поэтому я просто постоял рядом и согрелся. Утро было холодным.

Именно тогда мне пришла в голову мысль: почему у нас, Игроков, Смерть – Тревожная, а у вас, Служителей, – Благодатная?

Я наслушался ваших разговоров и узнал, что у рожденных по правилам Аттама Смерть может быть только Тревожной, потому что нет у нас человеческих душ, оказывается... А у вас есть.

Какому идиоту пришло в голову ампутировать мне ноги? Я что, иначе в кладовую не помещался?

Дисквалификационный бой – это бой один на один безо всякого оружия. Я отстегнул нож, Тайт кобуру с «Щелчком», и оба мы сняли куртки, чтобы не мешали движениям.

Квоттербек и Лайнмен отошли к Солнцу, которое предварительно обложили снятой термоструктурой. Никаких правил Квоттербек не объявлял, а это значило, что я могу убить Тайта и он может убить меня.

Раннинги – быстрые маневренные единицы с минимумом необходимой мышечной массы. Я весил пятьдесят пять килограммов и мог надеяться только на то, что смогу держать Тайтэнда подальше от себя.

Он знал об этом, потому что сразу кинулся вперед, моментально сократив расстояние, моментально – по его меркам, по моим – запоздало. Я ушел в сторону и начал искать его незащищенный бок. Он держал локти опущенными.

По правде говоря, мы могли кружить вечность, потому что Тайт не мог меня поймать, а я видел все его сторонние заходы так же отчетливо, как если бы он пер напрямую. Могли бы, но во мне зарождалась сухая ледяная злость и отчетливое желание свалить его, хитроумного и желчного, доказать, что не просто так я молчу в ответ на его шутки. Я решил позволить ему меня достать и с первого же удара получил сломанный нос. Нос я сломал своими же руками, поднятыми в блоке. К тому моменту я уже исходил площадку вдоль и поперек и мог драться с закрытыми глазами. Тайт не понимал – он бросил свои танцы и принялся нарезать круги, добираясь до меня тот тут, то там, и в конце концов дождался момента, когда я стал казаться свернутым от боли, беспомощным неудачником. Я и передвигался теперь медленнее, и к нему поворачивался с задержкой, и блокировал через раз. И был мокрым, жалким, окровавленным. Только на ногах стоял прочно – на то и Раннинг.

Меня от крови мутило, вот что. Кровь лилась почему-то не наружу, а внутрь, по носоглотке, и это теплое липкое ощущение вызывало тошноту. Сплевывать ее я не успевал.

А потом, когда Тайт дотянулся еще раз, было уже и незачем, потому что я уже не понимал, откуда она льется, и вся голова представлялась мне этаким кровяным пузырем.

Дышалось сложно. Я водил Тайтэнда по кругу, но обзор моего зрения уже сократился настолько, что круг пришлось сузить, и он это заметил.

Заметил, но поздно – я вовлек его в кружение, несколько минут задавал ему темп и скорость, а на этой плоской площадке-блюдечке ему и деваться-то некуда, и он пробил меня всюду – отработал мне голову, торс, почки, руки, но не ноги.

Я упорно подсовывал ему все свои слабые места – не жалко. Жалко будет попасть на штрафную.

Но пока у меня целы ноги... я дойду до конца.

Падая, я руками вцепился в плотную влажную почву и подбил Тайта под колено, со всей силой, которая помогала мне обставлять технику. Расслышал хруст и поднялся раньше, чем поднялся он, – только я на обе, а он на одну.

Ледяная злость вскипела, никакой боли я больше не чувствовал. Я сделал Тайта эпицентром моего взрыва и не давал ему возможности повернуться туда, куда я направлялся.

Я ловил его до того, как он успевал принять решение. Мне даже не приходилось бить его – он сам попадал на линию моего маршрута, попадал мне под ноги, как замшелое бревно или сухая ветка, как пучок травы или овражек.

Следы от моих ботинок оставляли на бревнах длинные свежие царапины, а сухие ветки разлетались в пыль.

Для меня это была не драка, а проход маршрута длиной в один метр, с единственным живым препятствием в центре, и под конец я так осатанел, что когда натолкнулся спиной на Квоттербека и попал в его захват, то умудрился вырваться и кинуться и на него.

Квоттербек снова развернул меня и терпеливо забрал в захват, и тогда я повис на его руках, сжимая зубы от злости и сохраняя ее накал. С меня капала кровь вперемешку с потом, майка влипла в разгоряченную кожу, и сознание плавало туда-сюда, как поезд по тоннелю, то возвращаясь на остановку «Ясное», то снова уходя в тартарары, но ноги держали меня крепко.

В одно из просветлений я разглядел рядом с собой Лайнмена и снова принялся вырываться, потому что помнил – мне светит следующий бой и лучше начать прямо сейчас, пока я не лег тут и не умер.

Квоттербек держал меня крепко, так, что хрустело в плечах. Я кидался на Лайнмена и ломал себе руки. И сломал бы, потому что отпускать меня Квоттербек не собирался, но он придумал другой выход. Наклонился и сказал:

– Молодец, Раннинг.

Я запрокинул голову, вдохнул и закрыл глаза, ощущая, что солнце уже прогрело воздух и пахнет этот воздух отличным утром.

Тайтэнд говорил, что я улыбался.

Лайнмен такого не помнит.

Он сказал, обращаясь к Квоттербеку:

– Пусть идет, а... – и только потом ко мне: – Иди дальше, Раннинг.

Оказывается, Квоттербек так сильно оттягивал этот бой, потому что вел нас в мертвую зону. А мертвая зона – это такое место, где невозможно умереть. Ни Тревожной, ни Благословенной Смертью. Никакой.

Пока ты не вышел из нее, ты находишься во власти перехода, а он зафиксировал твое состояние на отметке «живой», и точка.

Эта штука не работает, если выбежать из зоны и вернуться обратно. А вот если из нее не вылезать вовсе, то можно выжить даже после четвертования. Именно поэтому Квоттербек так спокойно принял нашего ночного посетителя.

И еще он не дал нам с Тайтом поубивать друг друга.

Когда Тайтэнд пришел в себя и залечил переломанные кости, он сказал, что все было нечестно – мол, ему нужно было выходить на бой со своими лесками и взрывчаткой, потому что у Раннинга оружие всегда при себе, а его снаряжение валялось в рюкзаке. Думаю, в чем-то он был прав. Пока у меня были ноги, зрение и легкие, я был оснащен всем необходимым для защиты и нападения.

После того как мертвая зона залечила наши повреждения – на это ушло всего несколько часов – и Тайтэнд снова смог встать на ноги, мы свернули стоянку и спустились вниз с нашей площадки по веревочной лестнице, заботливо кем-то прилаженной к краю. Высота была неимоверной – я не видел лестнице ни конца ни края, и ветром ее болтало с амплитудой метра в полтора, не меньше. Тогда я вспомнил свой погубленный парашют. Хуже всех пришлось Лайнмену, на котором помимо снаряжения висело еще и Солнце. Когда лестница закончилась наконец, он минуты две стоял неподвижно и старался отдышаться. Его спокойное лицо напряглось, губы посинели и растрескались. Обычно невозмутимые глаза заволокло какой-то мутью.

Квоттербек посмотрел и вколол ему стимулятор прямо через рукав куртки.

Спуск был сложным и долгим, но не критичным, но Лайнмен его еле-еле перенес. Я даже подумал, что Квоттербек сейчас заберет у него Солнце, но этого не произошло, а через несколько минут Лайнмен приободрился и даже начал что-то рассказывать.

Он шел позади и гудел о том, что удивительно, как же собака выдержала все пять линий. И о том, что в Храме Белых Колб жила кошка. Это такой маленький зверек, показывал он руками, очень мягкий и приятный.

Меня рассказ заинтересовал. В первый месяц существования я получил всю информацию о существующих формах жизни и на слово «кошка» представлял несколько вариаций этого зверька. Но кошек я не видел. Только зайцев, лисиц, птиц, насекомых.

Чем уникальны собаки, тоже не знал, а по словам Лайнмена выходило, что каждая из них чуть ли не умнее целой команды.

– Служители называли кошку Искрой, – рассказывал Лайнмен, забывая даже кашлять. – Ее можно было брать в руки, но потом дезинфицироваться.

Повезло Лайнмену. В моем Храме не было ничего живого, кроме Служителей и нас самих.

– Хватит уже про это! – вспылил Тайтэнд. – Какая кому разница, от чего ты там дезинфицировался!

Он шел хмурый и непривычно молчаливый.

По мне, так рассказ Лайнмена здорово разряжал обстановку.

Третья линия сильно давила на нервы. На мои – точно давила. Та площадка, с которой мы спустились, оказывается, была исполинским грибом. Мы сидели на его шляпке, и потому так одуряюще там пахло, а почва нарезалась ножом.

Грибы нас преследовали. Их ножки колоннами выступали из тумана и снова прятались во мгле. С некоторых свисали лестницы, с некоторых нет. Лайнмен неустанно сканировал окружающее пространство, но признаков разумной формы жизни не находил. Флагов не было и в помине. Это настораживало. Линия обязана была вывесить флаги, и наш ночной посетитель должен был это знать, но почему-то не последовал правилам.

Под ногами хрустело что-то непонятное, раздражающее. Земля была покрыта низенькими жесткими черенками, расположенными строго в определенном порядке, словно кто-то выкладывал здесь конструктор. Все это скрежетало и разваливалось в пыль. За нами оставались варварские отчетливые следы, что тоже оптимизма не добавляло.

В какой-то момент Квоттербек остановился и присел на корточки, а потом и вовсе опустился на одно колено.

Лайнмен, хрипя, застыл прямо за ним. Солнце за его спиной горело алым, как упавший метеорит, и бросало на щеку Лайна кровавый отсвет.

В черно-синих тенях, отбрасываемых грибами-мутантами, красный смотрелся особенно дико.

Я нашел прелесть и в этой картине. Не знаю почему, но мне очень нравятся красивые вещи. Сине-черные колоннады, уходящие в молочно-белые пласты тумана, развлекали воображение. Мне иногда казалось, что нас заперло в гигантской кастрюле и вот-вот зальет кипятком, а огромный нездешний Тайтэнд накрошит сверху специй и сварит нас в остром пряном бульоне.

– Нам лучше попытаться пройти по шляпкам, – вынес вердикт Квоттербек, внимательно рассмотрев горсть хрупких «черенков», покрывавших землю. – Лайнмен, построй траекторию.

Уже собранные черенки он ссыпал в карман сумки Тайтэнда, и тот принял дар хмуро, без вопросов.

Между ним и Квоттербеком что-то произошло, что-то нехорошее, я отчетливо видел это по Тайту и весьма условно замечал по Квоттербеку.

Губы его сжались в белый жесткий шрам – верный признак, что Квоттербек что-то обдумывает и его мысли не из приятных. Я попытался проанализировать все, что произошло на третьей линии, начиная от ночного посещения местного царя до утреннего боя, и никак не мог понять, в чем дело. Всплывало только странное слово «тетракл», о котором был хорошо осведомлен Тайт и про который ничего не знали мы с Лайном.

Спросить я мог только у Квоттербека, поэтому, дождавшись своей смены, загреб Солнце и обогнал остальных.

– Что такое тетракл? – спросил я у него.

Квоттербек глазами указал под ноги. Я посмотрел. Черенки-конструкторы все так же покрывали землю ровным, математически точным узором.

– Это растения?

– Почти, – ответил Квоттербек. – Это самопрограммирующаяся субстанция. Миллиарды научных лабораторий. Сейчас период роста, все они вышли наружу. Больше половины пустышки, конечно.

Тайтэнд говорил, что нужно перелопатить несколько тонн этих черенков, чтобы найти что-нибудь стоящее, но зато тот, кто нашел, способен повернуть историю целой цивилизации, выиграть межгалактическую войну или зажечь умирающую звезду. Еще он сказал, что тетракл в неволе идет по одной и той же ступени развития, только повышая качественный уровень информации. Проще говоря, не слазит с одной темы, но расширяет ее.

– Пустышки – это как?

– Это уже известные идеи. О том, как кормить технику, например, или как красить Раннингов в фиолетовый цвет.

Вот не давал им всем покоя мой цвет. На камуфляжного Лайнмена внимания никто не обращал, а я казался диковинкой.

Я потом нашел время посмотреться в полированный бок нашего Солнца – не такой уж и фиолетовый. Просто сильный контраст с кожей.

– И из-за них мы полезем наверх?

– Полезем. Лайнмен?

Лайн сдвинул шилдкавер.

– Раннинг, посмотри у себя, я там кинул маршрут...

Я посмотрел. Лайнмен очень толково и старательно протянул для нас путь по шляпкам этих грибов. Я исправил пару спорных моментов и вернул Лайну схему.

С Солнцем за плечами я порыскал вокруг и нашел веревочную лестницу, отвечающую нашим требованиям.

Первым полез Квоттербек, а я вторым, и теперь с горячей нагрузкой. Солнце давило мне на позвоночник, затылок, бока и плечи. Оно жгло так, что я боялся, что сниму его вместе с кусками прожаренного мяса и сожженными легкими в придачу.

Оно колотилось об меня каким-то особо настырным и обжигающим выступом и в итоге намяло синяк размером с тарелку. Я молчал, скрипел зубами и думал – закинуть тебя, заразу, на ветку... А ледяная Луна команды противников казалась мне нежной и ласковой панацеей.

Поделитесь статистикой. Мне просто интересно. Кого погибало больше – Луны или Солнца? Что гибельнее – холод или жар?

Я лез и начинал понимать – не все так просто, как мне хотелось бы думать. Не только в Солнце моя проблема. И даже ветер, гоняющий лестницу туда-сюда, – тоже всего лишь детская забава. Проблема была в том, что я переставал чувствовать ноги. Это было ощущение, засунувшее мое сердце в мешок с битым льдом. Я чуть не умер от ужаса, еле-еле волоча за собой то тяжелое и невнятное, что совсем недавно было моими ногами. Они все еще меня слушались, но уже кое-как. Становились на веревки вкривь и вкось, и недалек был тот момент, когда я лишился бы опоры и закончил свое существование, рухнув с Солнцем под исполинский гриб.

Я становился статуей и начинал с ног – бесценной части тела, без которой не мыслил своего существования.

Видимо, я начал нервничать так ощутимо, что Квоттербек остановился и посмотрел на меня сверху вниз.

– Не у тебя одного, – сказал он по внутренней связи. – На месте разберемся.

Через несколько метров мне стало совсем плохо. Ноги до колен окаменели, и я замер, цепляясь руками за веревки. Солнце палило мне спину, от жара я не мог дышать, и вес неуклонно стягивал меня вниз.

– Отдай Солнце Тайтэнду, – сказал в наушник Квоттербек.

Он тоже остановился, и его ноги тоже стояли на ступеньках неуверенно.

– Тайтэнд.

– Принимаю.

Еле-еле, боясь двигаться, я ухитрился вывернуться из ремней и, согнувшись корпусом, сумел передать Солнце вниз. Оно сияло грозным алым светом и осветило узкое злое лицо Тайта, который весь сосредоточенно тянулся к нему, держась одной рукой.

В чертовом тумане было не разглядеть, как он втиснулся в ремни, но Квоттербек сказал:

– Хорошо.

И наклонился ко мне. Я вцепился в его рукав и повис. От шляпки гриба нас отделяло всего несколько метров, но они казались непреодолимы.

Густой пласт мглы держался поверх, словно плотный потолок. Казалось, лезть дальше было некуда. У меня болела спина, и тяжелый ком перекрыл горло.

Ног не было. Я был мертв по пояс.

Как сейчас.

Квоттербек карабкался наверх, держа меня на весу. Я помогал ему как мог, но подозреваю, что от моей помощи было больше вреда, чем пользы. Ветер усилился. Лестница ходила ходуном, и я совсем не удивился, когда она вдруг дернулась, словно кто-то вырвал ее с корнем, а потом принялась раскачиваться туда-сюда, ослабевшая и ненадежная.

Лайнмен коротко прохрипел что-то в наушник, прокашлялся и выговорил:

– У нас обрыв.

Квоттербек ничего не сказал, он исчез из поля зрения, а потом потащил меня наверх за шкирку, уложил на плотную поверхность под косой луч заходящего солнца и пополз к краю шляпки. Оттуда уже показался Лайнмен, таща за собой лестницу.

Он сбросил шилдкавер и сказал:

– Тайтэнд.

– Давай волну, – приказал Квоттербек, и его губы-шрам разжались, стали спокойными, уверенными, а глаза, наоборот, обтянуло синей злой тенью.

Лайнмен дал общую волну, потому что шипело и трещало за всех четверых, но Тайта мы не слышали, как ни пытались его вызвать на все лады. Я не особо старался, мне думалось, что если он свалился с Солнцем, то наверняка лежит внизу, придавленный им, и медленно прожаривается, как картошка под углями.

Квоттербек не успокаивался. Он менял волны и так и сяк и наконец сдернул шлем и сказал:

– Лайнмен, вниз.

Сам он почему-то стоял на коленях, а его лодыжки выглядели так, будто их переломали обрезком трубы.

Лайнмен потоптался на месте, посмотрел на лестницу и снова перевалился через край.

– Внизу нарасти напряжение до третьей фазы! – вслед ему крикнул Квоттербек, выхватил нож и всадил его себе чуть ниже колена. Ткань разошлась, разошлась кожа, и из глубокого белого разреза посыпались металлические шарики и ржавая пыль. Не выступило ни капли крови, в разрезе так и остались виднеться глубоко угнездившиеся, расположенные в правильном порядке маленькие блестящие черенки.

Я лежал на боку и наблюдал. Здесь, наверху, тумана не было и светило вечернее ласковое солнце. Моя рука, еще розоватая, спокойно лежала у лица, я видел ее, видел все неровности кожи и синий рисунок вен на запястье.

У Квоттербека руки тоже еще были живыми, он крепко сжимал нож и пробивал в себе дыру за дырой – в лодыжках, в икрах, у бедра. Отовсюду сыпалась пыль, и белые равнодушные разрезы демонстрировали сытые гнездовья металлических черенков. Квоттербек отбросил нож, руками впился в одну такую рану и сумел раскрошить гнездовье, нарушить его геометрический порядок, но это ничего не дало.

Я полз к нему, волоча за собой потяжелевшее бесполезное тело, забитое этими черенками. Долго полз, за это время он успел дотянуться до шлема и коротко с кем-то переговорить. Потом он снял шлем и закрыл глаза.

Я дополз и положил голову ему на колени.

– Раннинг, – с какой-то странной ноткой сказал он. – Раннинг...

Он говорил это так, что показалось – у меня есть настоящее имя. Он говорил только обо мне, а не о бесконечных сериях Раннингов, не об односерийниках, не о моем предназначении, он звал меня по нередкому, но все же личному имени.

С этого момента начался новый виток этого Матча, потому что там, внизу, сорвавшийся с лестницы Тайтэнд вскрыл Солнце.

Мы остались вдвоем на плоской поверхности шляпки гриба, на площадке-блюдце, и над нами играло яркими красками вечернее небо с розовыми хлопьями у горизонта.

Связь окончательно прервалась. Лайнмен либо погиб, уничтоженный колониями тетракла, либо волны не пробивались через третью степень защиты его костюма.

Тайтэнда тоже не было слышно. Квоттербек держал меня за плечи и смотрел на тускнеющий мячик солнца.

Я лежал, стараясь не шевелиться, и готовился к Тревожной Смерти. Вспоминал и упорядочивал свою жизнь: вот я вылез из колбы, вот я набрался информации, вот написал заявку на один Матч, вот на другой. Вот меня проверяют медики и сообщают, что изъян психики может существенно осложнить прохождение линий.

Вот я бегаю. Месяц за месяцем прохожу маршруты разной степени сложности и даю результаты, превосходящие все ожидания. Вот мне подписывают очередную заявку, сообщают, что на поле Последней Анестезии полный комплект команд, не хватает только Раннингов. После окончания сезона поле закрывается, оно уже хожено-перехожено, поэтому комплектуют новичками, опытны только Квоттербеки.

Я соглашаюсь и выбираю – за Луну играть или за Солнце. Это важный выбор, я не сплю целую ночь, я думаю... и выбираю Солнце. Тепло.

Я отдаю Квоттербеку свою душу. Он стоит возле разрушенной кирпичной стены, ветер гонит ему под ноги зеленые волны, ремни сияют.

Короче говоря, я настроился помереть и очень удивился, когда заметил, что Квоттербек расстилает прямо поверх меня свою зеленую светящуюся сетку. От нее пахло озоном, и в соединениях вспыхивали маленькие острые огоньки. Сетка потрескивала и шипела. Вся она была смотана в узлы, и их Квоттербек терпеливо распутывал, плавными движениями выводя одну нить из-под другой.

Он разобрался с узлами и замер, рассматривая получившийся результат. Рисунок нитей был отдаленно похож на геометрическое построение атаковавших нас колоний и не имел ничего общего со схемами мышления наших шлемов или того же «Доброго».

Осторожно, прикусив губу, Квоттербек коснулся сетки, и это прикосновение отдалось во мне – разрывной болью. Выше колена набух, раздулся и лопнул шевелящийся нарост, из которого с громким стуком ринулись в разные стороны черенки тетракла. Я орал отчасти от боли, отчасти от того, что не привык наблюдать, как из меня сыплется металлическая обрезь.

Не особо стесняясь моим криком, Квоттербек нагнулся и всадил в образовавшуюся дыру лезвие ножа. По кости скрипнуло, я не шучу. Сеть на его пальцах затрещала и принялась сворачиваться по диагоналям, словно пытаясь закрыться конвертом.

Запахло кровью. Высыпавшиеся из меня черенки лопались с едва слышным треском и выплескивали по капельке алой жидкости, а иногда и плевались розоватыми кусочками мяса. Если так дальше дело пойдет, подумал я, то они вытащат меня наружу по кускам и раскидают по окружности.

Квоттербек, видимо, думал о том же самом, потому что сетку больше не трогал, а на меня смотрел с напряжением.

– Банки с консервами, – сказал он. – Принцип банок.

Я кивнул. Судя по всему, тетракл уже принялся складировать в банки мои внутренности, потому что внутри болело так, словно кто-то вытащил мои кишки наружу и прыгал на них в шипованных тяжелых ботинках.

Квоттербек еще раз прошелся пальцами по сетке, и меня начало рвать кровью.

Договориться с разумом тетракла явно не получалось, то ли мыслил он другими категориями, то ли не мыслил вовсе.

Я совсем угас, валяясь лицом вниз в теплой липкой луже, и Квоттербек тоже клонился набок, и тут показался сначала шлем, а потом широкие плечи нашего Лайнмена, на котором еще и болтался наподобие воротника явно бесчувственный Тайт.

Тайтэнда Лайн сбросил рядом с нами. Тот упал как чучело и застыл в неловкой позе мертвеца. Куртка у него на спине была разодрана, волочились обрезанные стропы.

– Напряжение, – услышал я усталый голос Квоттербека. – Пятая фаза.

Лайнмен наклонился, покачал круглой головой.

Он казался мне чудо-рыбой, вынырнувшей из глубин. Глупой, никчемной рыбиной, которая понятия не имела о том, что такое велициевы сонмы.

Я сам не знаю сейчас, что это такое. А тогда знал. Знал я еще, как разогревать термические капсулы до температуры плавления свернутого пространства и еще кучу всяких забавных вещей.

Это было интересно. Я мыслил слаженно и экономно, задевая где-то внутри себя функцию формулировки вопроса и тут же получая отклик в виде четкого развернутого ответа.

Пока Лайн-рыба бродил вокруг нас и через равные промежутки втыкал в поверхность магнитные стержни, вынутые из костюма, я высчитывал скорость реакции реликтовой формы мысли. Краем сознания понимал, что это бред, а вообще вполне собой гордился. Но велициевы сонмы! Какая прекрасная и великая вещь. Чтоб я о ней хоть что-то теперь помнил.

Еще я слышал хриплый голос длинного, который орал что-то про сласти и божественные книжки. Он был сумасшедшим, понял я. Тоже глупая и никчемная рыбина, которая убила свою нервную систему мерзким пойлом и годилась только как перевалочная база.

Лайнмен закончил устанавливать стержни.

А я разобрался в правилах Аттама. Увидел все формулы и доски исчислений, необходимых для того, чтобы создать таких, как я, – Раннингов и Тайтэндов.

Получалось, что апельсин вырастить сложнее, чем наплодить в колбах идеальных, терпеливых, стремящихся к победе...

Процессы, происходящие в глупой Эбе, были в тысячу раз интереснее, чем процессы, происходящие в колбах. Глупая Эба – сама по себе уникальная колба, решил я и смело забраковал идею правил Аттама.

Нет, ну конечно, смотря для каких целей... Игроков лучше всего выращивать все-таки в колбах. Минимальный процент погрешностей – заложенная по стандарту психика, по стандарту заложенные желания, задушенный половой инстинкт, стремление побеждать, дух соперничества, стандартный набор способностей, командное мышление.

И мы понесем Солнце, потому что хотим выиграть Матч. Мы будем помогать друг другу, потому что нам неприятен индивидуализм. Мы будем драться друг с другом, потому что следим за иерархией и наша иерархия строится по принципу силы.

Именно поэтому вы сейчас защищены от меня тройным слоем пластика, Священные Служители. Я искалечен и почти обездвижен, но слушаться буду только того, кто сильнее меня, а вы слабее, несмотря на полный комплект конечностей и возможность перекрыть мне кислород.

Я рассказываю о Матче на поле Последней Анестезии не для вас, а для себя – потому что опять чувствую между ребер маленькое тепло.

В тех своих метаниях среди насыщенных информационных полей я нашел Квоттербека. Он был во мне. Приходил так же, как и ответ на любой вопрос. Тогда я начал рассматривать его, иссекая на широкие плоскости, и остановился только тогда, когда он спросил:

– Зачем?

Что я мог сказать... Что ищу источник тепла, которое он мне дает? Что пробираюсь к нему во тьме, маленький, неопытный Раннинг... Я шел к нему на призыв, он звал и сам не понимал, зачем зовет. Я хотел образовать с ним Братство, вот что. С его опытом и его сутью, с его Силой, с его Мышлением, стать нитью его сетки, которую держал на своих руках и осторожно гладил пальцами...

Этой зеленой сетью нас накрыло обоих, сквозь крупную ячею пропустило наши тела и смешало кусками, как крупно нарезанный салат.

Лайнмен запустил наспех изготовленное поле, подключил питание и стал ждать, не зная, каким окажется результат.

Он сидел один на краю, держал в руках «Щелчок» и был готов пустить себе пулю в лоб, если бы меры, подсказанные ему Квоттербеком, оказались для нас смертельными.

Лайнмена от экспансии колониями тетракла защитил готовый к отражению любой атаки бронированный «Корпус», и весь его ресурс сейчас он переключил на нас, сотворив поле такой силы, что перегородки «консервных банок» рассыпались в пыль, вернув нам плоть и кровь, правда, несколько видоизмененными.

Когда Лайн снял поле и понял, что все мы кое-как дышим, он взялся за устройство лагеря. В одиночку старательно развел на реактивах белое пламя костра, расстелил спальники и растащил нас по ним, как медсестра растаскивает по койкам тяжелобольных. Лайн скрупулезно воссоздал все, что мы делали обычно. По манере Тайта попытался сварить суп из очищенной воды и остатков сухого пайка. Для меня выбрал место подальше от костра – как я любил. Для Квоттербека выложил анализатор и настройщик, которыми тот ежевечерне проверял оборудование. Накормил «Иглу» и поставил ее стоймя.

Большой и медлительный, он бродил в сумерках, обживая лагерь за всех четверых, а потом сел у костра и попытался собрать переносную станцию переливания искусственной крови.

Навыка работы с медицинской техникой у него не было, схем он не знал и действовал наугад, но в конце концов собрал что-то, что смогло влить в Квоттербека пол-литра витаминизированной крови, смешанной со зверской дозой стимуляторов.

Регенерация наших организмов сравнима только с регенерацией технического мяса. Процессы, протекающие в нас, нацелены только на то, чтобы заживать, срастаться, восстанавливаться и восполняться. Искусственная кровь и реактивы, которыми кормят технику, вполне годятся и для нас. И не важно, что мы испытываем, гоняя по венам то, что заставляет работать оружие и боевые машины.

Квоттербек, очнувшись, тут же занялся всеми этими процессами. Он наладил смесители плазмы и реактивов, извел все инъекторы и стимуляторы, но добился того, чтобы наше сознание прояснилось.

Лайнмен все это время сидел над костром и потом с радостью раздал нам по фляжке с пресным, но необходимым для восстановления супом.

Изодранное, окровавленное колено Квоттербека – это было первое, что я увидел. Посмотрел выше и понял, что он улыбается. Синие тени у его глаз разгладились, длинные ресницы прикрыли заблестевшие глаза. Он одержал победу – мы одержали победу, и было чему радоваться.

Маленькое тепло разгорелось во мне, а потом явился Лайн и заставил меня есть.

Я сидел в спальнике, весь опутанный трубками, рядом шипел аппарат искусственной крови, к которому я уже привык как к родному. Лопнувшее над коленом мясо Квоттербек зашил, и свои длинные раны тоже, и в итоге мы стали похожи на какие-то диковинные штопаные коврики. Тайтэнд угрюмо сидел в темноте. Рядом с ним тоже шумел аппарат, один на двоих с Квоттербеком. Швов ему накладывать было некуда, стимуляторами он был обколот со всех сторон, но оставался таким же скучным и молчаливым.

Квоттербек поглядывал на него с немым вопросом, но Тайт только опускал глаза.

Вся эта напряженная обстановка портила мне ощущение команды, и я волновался, надеясь, что скоро все разрешится.

– Солнце валяется внизу, – нерешительно напомнил Лайнмен, принимаясь кашлять. Вечерами его особенно прихватывало. – Спуститься, что ли, забрать...

Это был то ли вопрос, то ли предложение.

– Забери, – сказал Квоттербек. – Под третьей фазой.

Неповоротливый в своем светящемся костюме Лайнмен перевалился за борт, предварительно надев шлем. Я высунулся и посмотрел вниз. В полной темноте, словно медузы, плавали длинные электрические разряды. Солнца не было видно, хотя мне и казалось, что его кроваво-красное свечение преодолеет расстояние и туманы.

Тайтэнд напрягся еще сильнее, а потом отбросил фляжку и лег на спину, подложив руки под голову. Его лицо разгладилось, и только губы зло подрагивали.

– Мне еще рано делать выводы, – вполголоса сказал Квоттербек.

Он держал плечи упавшими и осторожно отсоединял от себя иглу аппарата. С иглы сорвалась тяжелая капля крови.

Тайтэнд, глядя на него, тоже отсоединил иглу и медленно поднялся.

Они остановились друг против друга, оба окровавленные и уставшие, оба зараженные тяжелой болью восстановления.

Тайтэнд смотрел с вызовом, а Квоттербек – испытующе.

– С вами всегда было сложно справляться, – сказал Квоттербек. – Сложные вы ребята.

– Так не брал бы! – прошипел Тайтэнд, весь дрожа. – Не брал бы! Я тебе с самого начала сказал, что во мне намешано!

Он и злился и страдал одновременно.

Лисичка, которая шла за Тайтом по переходу. Вот она, его лисичка, которую он никак не мог уговорить бросить рытье нор...

Я понимал, почему Квоттербек его взял. Ведь меня же – взял...

– Я должен был туда залезть! – выкрикнул Тайт почти страдальчески, словно его пытали, резали или отрывали ему руки. – Я должен был понять, что мы тащим... А тащим мы, между прочим...

Квоттербек не дал ему договорить. Я уловил это короткое движение – он качнулся чуть назад, подался вперед и прямым страшным ударом заставил Тайта заткнуться.

Тайтэнд устоял, но согнулся, держась за лицо обеими руками. Меж пальцев у него лилась только что вкачанная искусственная кровь.

Квоттербек отошел в сторону и присел у костра. Он задумчиво смотрел на огонь, и белые блики вылизали его лицо до полной неподвижности. Все мы молчали, я вообще желал проснуться еще раз и вспоминать это как короткий кошмарный сон, но потом появился Лайнмен с Солнцем за плечами, выкатил его в центр, розоватое, горячее, и возле него Квоттербек в полный голос объявил о дисквалификации Тайтэнда на третьей линии игрового поля.

С того момента я смотрел на Солнце как на опасное животное.

Забегая вперед, я скажу, что Тайтэнд остался с нами до конца этой линии. Это значит, что нам не собирались давать замену. Уже тогда наша команда благонадежной не считалась.

Идти дальше с обреченным Тайтом было так же сложно, как если бы нам пришлось нести его труп. Мы вяло следовали «грибной» траектории и совершенно наплевательски относились к вопросу безопасности. Просто отмахивали километры по гигантским площадкам, кое-где перекидывали мостики, кое-где останавливались отдохнуть, но как-то автоматически и без азарта. Я все смотрел на Тайтэнда, на его худое злое лицо и дурацкий кусочек заячьей шкурки, прикрепленный к шлему, и думал – что заставило его полезть в это чертово Солнце? Квоттербек сказал – они все такие неуправляемые. Все они – это Игроки с геномом животных. Геном значительно повышает некоторые показатели, например обоняние и слух, но он же дает психике какую-то разболтанность, непредсказуемость. Их берут в Игру только под честное слово Квоттербека, которому в итоге и отвечать.

Вот почему Тайтэнд сразу сообщил Квоттербеку о своем геноме и вот почему Квоттербек там, возле кирпичной стены, заранее предупредил его о возможных последствиях.

Не знаю, кому на самом деле было хуже – самому Тайту или Квоттербеку, но когда я смотрел на одного и на другого, то отчетливо понимал разницу: Тайт был ответственен за себя самого, а Квоттербек – за него, за другого человека, и потому ему было несоизмеримо тяжелее.

В таком паршивом настроении и расположении духа мы добрались до конца маршрута, туда, где Лайнмен поставил точку, потому что больше грибов не нашел.

Их действительно не было. Все они, спиленные на манер деревьев, лежали ровными штабелями. Ножки-колонны отдельно, шляпки отдельно. Мы давно заметили, что наши великаны под конец сдали в размерах и становились все ниже и ниже. По-видимому, это был молодняк на постоянно обрабатываемой территории. Еще на территории стояла огромная заржавленная цистерна, за ней громоздился опрокинутый остов космического корабля, а на переднем плане стоял домик-будка, сколоченный из ржавых баков. Все это великолепие венчала помойная куча и несколько рядов колючей проволоки, спиралью окружавшей и дом и двор.

За колючкой в ряд выстроены были древние огнестрелы – какие-то чудовищные пулеметы с длинными лентами, ружья на подпорках и даже что-то вроде пушки с намалеванным под ней каббалистическим знаком.

В центре этого сооружения расхаживал наш ночной посетитель. На нем была куртка цвета хаки и камуфляжные штаны. Голову он на манер банданы подвязал черной тканью и был небрит и страшен.

– Эй! – окликнул его Квоттербек. – Последний блокпост?

– Именно! – с радостью отозвался длинный и показательно хлебнул из фляжки, предварительно отсалютовав нам.

Лайнмен, ворча, принялся расчехлять накормленную «Иглу».

Квоттербек подошел к краю, присел на корточки и крикнул:

– Ты же все понимаешь?

– Да! – радостно отозвался длинный, продолжая курсировать по своему дворику. – Я понимаю! У вас – «Игла», у меня – иголки... Но вы попробуйте! – заорал он вдруг, багровея и выкидывая фляжку куда-то за мусорную кучу. – Попробуйте!

– Подожди, Лайнмен, – вдруг серьезно и тихо сказал Квоттербек.

Тайтэнд с вялым любопытством наблюдал за нашим оппонентом, а меня он вовсе завораживал.

Бегал там, внизу, обложенный жалким древним оружием, защищенный лишь старыми баками и мотками проволоки, которые Лайн мог оборвать одной рукой, бегал и угрожал нам.

Это было совершенно мне непонятным, но увлекательным.

– Ты почему флаги не вывесил? – спросил Квоттербек.

– ... я ваши флаги! – донесся ответ.

Что он делал с флагами, я так и не понял. Квоттербек потом перевел это слово как «любил». Я опять не понял, и Квоттербек поступил, как и в прошлый раз, – потрепал меня по голове и махнул рукой.

Пока длинный раскапывал внизу в мусорной куче только что выброшенную флягу, Квоттербек наблюдал за ним и улыбался. Не так, как обычно, а как-то странно, с пониманием, что ли.

– Так что с ним делать? – напряженно спросил Лайнмен, держа «Иглу» у плеча.

– Подожди, – еще раз сказал Квоттербек и выпрямился во весь рост. – К переходу не пропустишь?

– Я за Луну! – проорал снизу длинный. – Выбрал так выбрал! Думал, тетраклом вас прикончит! Не прикончило так не прикончило. Я от своих не отступлюсь.

– От кого? – насторожился Квоттербек.

– От своих! – надсадно прокричал длинный и показал рукой на какие-то холмики, выстроенные в ряд. – Мы с ними прилетели тетракл добывать! Добывать так добывать! Никому не отдам! Я – как они! Своих не оставляю!

Этот образ мышления был мне знаком и понятен. Непонятны были только причины, по которым нас не хотели пропускать. Мы не собирались трогать его команду, да и вряд ли за команду могли считаться те кучки земли, вокруг которых он постоянно носился.

– Он болельщик Луны, – вяло сказал Тайтэнд. – Убивайте его, и дело с концом.

Я был согласен с его выводом, а Квоттербек вдруг подошел к краю и полез вниз, преспокойно повернувшись к длинному спиной.

– Лайнмен, раскинь мне третью фазу.

Это выглядело так странно, что я усомнился – остался ли он в своем уме после дисквалификации Тайтэнда?

Больше приказов никаких отдано не было, и мы стояли столбиками. В это время длинный засуетился возле своих агрегатов и довольно шустро развернул тяжеленный пулемет в сторону Квоттербека.

– Готовься, – прошептал Тайтэнд, но Лайнмен опустил «Иглу».

– Он в зоне поражения.

Тайтэнд расстегнул крепления «Щелчка» и медленно потянул руку вверх.

– Подожди, Тайт, – сказал я, как завороженный наблюдая за Квоттербеком. – Не лезь ты без приказов, мало тебе, что ли?

Квоттербек подходил все ближе к нагромождениям колючей проволоки, а еще он поднял руки, так, как заставлял их поднимать Тайта перед «Добрым». Он вел себя так, будто усмирял взбесившуюся технику, а в ответ из-за изгороди неслись какие-то хриплые отчаянные вопли.

Настал момент, когда Квоттербек подошел вплотную, – Лайнмену пришлось тихонько спускаться вслед за ним, чтобы удерживать защиту.

Квоттербек подошел вплотную к дулу пулемета, за которым бесновался длинный, и ничего не произошло. Они перекинулись несколькими словами, Квоттербек обернулся и крикнул:

– Спускайтесь! Лайн, держи третью фазу!

Если здесь и водился тетракл, способный вбиться нам в кишки, то весь он был вытоптан. Лежал толстый слой металлической пыли, и все, но Квоттербек соблюдал осторожность. Я его понимал, свежи еще были мерзкие воспоминания.

– Ну так что... – исподлобья глядя на нас, сказал длинный и утер небритое лицо черным платком. – Заходите, что ли...

Оказался он странным и необычным по моим меркам человеком. Постоянно хлебал из фляжки какую-то вонючую дрянь, которую черпал из той самой устрашающих размеров цистерны, разговаривал бессвязно и все бредил своей личной планетой, а еще выращивал позади домика морковку и лук.

Нас он отвел посмотреть на две старательно вскопанные грядки, на которых желтела чахлая ботва и виднелось несколько зеленых перышек.

– Вот мой огород, – сказал он и с любовью посмотрел на грядки. – А то ем одни грибы... грибы вареные, грибы жареные, грибы сушеные... тошнит уже.

Он наклонился и выдернул маленькую желтую морковку.

– К ужину.

Лайнмен расставил по кругу магнитные стержни и вылез из своей брони. Мы устроились в центре, под самым домиком и напротив ряда холмиков. Солнце я закопал без лишних напоминаний. Оно меня нервировало.

Тайтэнд расстарался. Он решительно вычеркнул из меню грибы, достал откуда-то две банки припасенных консервов, пакетик с сухим горошком, смешал все это, добавил нарезанную морковку и сотворил нам потрясающее рагу. Не знай бы я, что это прощальный ужин, решил бы, что Тайт что-то празднует.

Костер был самым обыкновенным, оранжевым с синими прожилками. Расселись мы на древних отполированных чурбачках и принялись за рагу, думая каждый о своем. Я быстро умял порцию и заинтересовался хозяином:

– А ты кто? Раннинг или Тайтэнд?

– Я Гордый, – с достоинством ответил хозяин, и я замолчал из уважения.

– И я здесь лет – не сосчитать… – добавил он через некоторое время. – Мы сюда плюхнулись на «Лиственнице», – он показал куда-то назад, на груды чернеющего металлолома. – Старатели-копатели. Прослышали о тетракле – обыскались. Нашли, засекли на анализаторах… Радовались. Этот тетракл сейчас в цене вырос неимоверно, потому что ресурс ограниченный, но и тогда стоил немало. Каждому по счастливой жизни… И еще на брильянтовую гробницу осталось бы. Мы сами – с миру по нитке. Кто ремонтник, кто инженер. Я бывший десантник. Пылевое Облако трепал во времена славной Сто Двадцатой. Ну, прилетели, плюхнулись, и завертелось… Один помер, другой помер.

– Как им пользуются? – спросил Тайтэнд, облизывая ложку. Он как-то воодушевился, даже глаза заблестели, хотя на небо поглядывал часто.

– Как-как. Берешь тысячу этих тетраклин. Берешь тысячу идиотов и скармливаешь им по одной штуке. Если ни один идиот не поумнел, берешь следующую тысячу. И так до тех пор, пока не попадется какая-нибудь тетраклина с гениальной свежей идеей. Тогда идиота резко приспосабливаешь в дело и получаешь барыши. Долгая и нудная процедура, поэтому тетракл этот закупают тоннами.

– А что... с остальными идиотами? – спросил я.

Гордый кивнул на чернеющие в темноте холмики, и тогда мне открылось их истинное назначение. Вот она где, команда, которую собирался защищать Гордый.

– Я пил, – помолчав, продолжил он. – И сейчас пью. Знаете, помогает...

– Хорошо тетракл собирается? – спросил Квоттербек.

На протяжении всего рассказа он сидел поодаль и возился с каким-то прибором.

– Да никак, – честно ответил Гордый. – Я собираю, его забирают... Я собираю, его забирают. Шоколад привозят, книжки. Разработок здесь открыть не могут – прав на линию ни у кого нет, только под игровую площадь вот выбили, а так... можно сказать, покупают у меня.

Тайтэнд вылизал ложку и принялся ее кусать.

– Перестань, – попросил Лайнмен.

Он тоже внимательно слушал и даже руку под подбородок подложил из внимания.

– Я-то что, – сказал Гордый. – Я планету когда-нибудь себе куплю. Как только сезон ваш закроется, чтобы не мотались тут всякие. Ладно бы просто бегали, зачем же с собой...

– Из-за своих тут сидишь? – перебил его Квоттербек.

Тайтэнд поднялся, прицельно бросил ложку в опустевший котелок и ушел бродить в темноту.

– За стержни не выходи! – сказал ему вслед Лайн и снова приготовился слушать.

– Не могу я их бросить! – с жаром сказал Гордый. – Вместе прилетели, вместе работали...

– Хорошо, – отозвался Квоттербек.

Я толком ничего не видел, но по голосу угадал, что сейчас его губы сжаты в белый шрам.

Опять что-то такое собралось над нами... невыносимое, и поэтому я тоже поднялся и ушел в темноту и там наткнулся на Тайта, который неожиданно обхватил меня, прижал к себе и долго держал так.

– Тебе повезло родиться идиотом, Раннинг, – напоследок сказал он мне, и я, слегка оглушенный, побрел назад к костру, где Лайнмен расспрашивал Гордого о защитных качествах брони времен Сто Двадцатой Пылевой и всяких других разностях...

Я подошел ближе.

– А вы правда можете пить технический спирт? – вопрошал Гордый.

– Можем, – отвечал Лайнмен.

– А у меня есть...

Я пошел искать Квоттербека и забрался в остов старинного космического корабля. Где-то жужжал генератор, горел желтенький свет. Квоттербек лежал на обтрепанной полке в крошечной двухместной каюте и смотрел в потолок.

Напротив была еще одна полка, я на нее сел и взялся пальцами за набитый какой-то синтетикой пыльный край.

Квоттербек повернул голову.

– Раннинг, – сказал он, – ты очень хочешь закинуть Солнце на ветку?

– Хочу, – ответил я.

Он ничего не сказал, только поднял и уронил руку, на которой виднелись еще следы недавних ожогов.

Глава 5

Гордый проводил нас до каменистой тропы, круто взбирающейся вверх.

– Здесь тетракла уже нет, – сказал он. – Не растет на камнях...

Мы все полезли по ней, а Квоттербек на прощание достал «Щелчок» и выстрелил Гордому в грудь. Раскатилось горное эхо.

– Ты знаешь, что никогда не купишь свою планету?

– Знаю, – ответил Гордый и почесал белую бескровную рану, из которой посыпалась металлическая пыль и показалось гнездовье тетракла. – Но я ваших методов не выдержу... И вообще, не соблазняйте.

– На всякий случай, – кивнул Квоттербек, отсалютовал Гордому «Щелчком» и пошел следом за нами.

Мы добрались до самой вершины, с которой место обитания Гордого казалось просто маленькой свалкой, и не встретили по пути ни одного растения. Тропа была сложена из хорошо отполированного камня, и окружали ее такие же отполированные скалы, в которых нельзя было найти ни одной трещины. Квоттербек молча шел вперед и никаких стимуляторов перехода не искал. Я решил было, что линия еще не завершена и впереди нас ждут новые грибные леса, но на вершине мы уперлись в стену плотного синеватого тумана, словно до края экрана добрались. Если сунуть руку – туман ее съест подчистую, но так же легко выплюнет, если вернуть ее обратно.

Стена-ластик. Текстура.

Возле этой текстуры мы остановились ждать решения Квоттербека. Из-под ботинок вниз сыпались мелкие камешки – край линии оказался отвесным и ломким. Ветра здесь не было, но постоянно чувствовалось какое-то движение – под ногами, сбоку, со спины.

– Доставай, – сказал Квоттербек Тайтэнду, и оказалось, что он тоже ждал.

Тайтэнд качнул головой, не понимая, а потом поднял брови:

– Это?

– А другого тут не растет, – напомнил Квоттербек. – Грибы не в счет, к переходу они никакого отношения не имеют.

– Как? – непонимающе спросил Тайт. – Переход же зафиксирует. И все. И все! Консервная банка!

Тут я понял. Квоттербек считал, что стимулятором перехода является тетракл, горсточка которого лежит в сумке Тайтэнда.

Квоттербек хотел, чтобы мы проглотили эту гадость, сменили линию и отправились дальше эдакими киборгами, болванчиками типа Гордого, а потом и вовсе издохли, ведь все наши медикаменты подошли к концу.

– Может, что-то другое поискать? – предложил я.

Лайнмен, не знакомый с экспансией тетракла, смотрел и слушал с интересом.

Квоттербек посмотрел на меня, шагнул к Тайтэнду и сдернул с его пояса перетянутую ремнями сумку.

– На переход у нас меньше трех минут, – сказал он, на ладони деля черенки на четыре равные кучки. – Пару минут нужно тетраклу, чтобы разобраться что к чему. Дальше он начнет строить гнездовья. Мы должны выйти из перехода до того, как это начнется.

Меньше трех минут, думал я, глотая жесткий металлический черенок. Это значит, что мне придется бежать?

Оказалось, что под плотным слоем тумана мы не заметили уходящую вниз лестницу. Красивую, мраморную, с золотистыми прожилками и витыми перилами. На поворотах лестницы размещались столбики с пузатыми ангелочками, тоже гладкими и белыми.

Квоттербек шел впереди, Солнце за его плечами пылало, как крылья архангела. Тайтэнд ссыпался вниз, словно рыжая молния, и вскоре исчез из поля зрения. Обычно медлительный Лайнмен шагал размеренно, ровно. Вдох и выдох – его легкие свистели, словно в них была проделана дыра.

Я прекрасно помнил о том, что у нас меньше трех минут, но почему-то думал об этом с равнодушием. Я смотрел по сторонам и видел странные и очень красивые вещи. Из сине-белого тумана выступали большие картины, люди на которых возлежали в алом бархате, улыбались, рыдали или умирали. Я видел, как извергаются вулканы над головами бегущих из города прочь, видел застолья и виноградные грозди, видел перекошенное страданием лицо демона и тощих бородатых святых со скромным тусклым свечением вокруг головы.

Все это выплывало из тумана в золоченых, лакированных и простых деревянных рамах, а позади громоздились подсвечники, сотни огней и натертый до блеска пол.

Туда я и свернул, спрыгнув с лестницы. Лестница сразу же исчезла, а я оказался перед мольбертом, на котором был распростерт чистый холст. Рядом, на сером столике, оказалось множество тюбиков и баночек. Из некоторых, открытых, торчали ручки кистей.

В памяти возникло: толстогубое лицо Эбы, мертвое дерево-исполин, опутанный водорослями «Добрый». Оказывается, я помнил все до малейшей черточки, до малейшего оттенка капризного цвета. Значит, мог воспроизвести.

За кисточку я взялся решительно и решительно бросил на холст первый алый мазок. Он удачно лег и походил на начало великого деяния.

Великое деяние я не совершил. Я не умел рисовать. Хватался за разные краски и кисти, но дрожащей рукой выводил лишь треугольники и линии. Где-то внутри меня жила рассинхронизация, и преодолеть ее силой воли было невозможно.

Игроки не должны иметь иных потребностей, кроме как потребности играть и побеждать. Для тех, у кого появятся потребности, предусмотрительно отключены возможности.

С этим вашим решением я даже согласен. Подумать только – Раннинг-художник! Самому смешно.

Потом за мной пришел Квоттербек. Солнца на нем уже не было, и я понял, что ему пришлось за мной вернуться.

Синие тени снова лежали у его глаз, губы сжались, линии скул наметились резче, и он показался мне самим воплощением Аттама – сильным разгневанным воином... Я собирался пойти за ним, но вышло так, что ко мне прирос и мольберт, и столик, я казался раскрашенным чучелом и стыдился отсюда уходить в таком виде.

– Раннинг! – выкрикнул Квоттербек. – У тебя больше нет времени! Выходи, черт бы тебя взял!

Он пытался закрыть переход, но видел меня не там, где я был на самом деле. Его руки неизменно цеплялись за пустоту.

– Раннинг!

Я уже смирился. Я держал в руках кусок измалеванного холста, в моем боку засел кусок стола, а кисти торчали в хребте, как иглы древнего ящера.

Квоттербек повернулся, ища меня взглядом. У него было сосредоточенное внимательное лицо, и даже глаза блестели.

И ему удалось. Удалось меня разглядеть – видимо, в том же обличье, что навязал мне проклятый переход, потому что Квоттербек удивленно покачал головой и сказал:

– Да не бойся ты. Никто не будет над этим смеяться.

Тогда я пополз к нему, громыхая столами, мольбертами и расплескивая разноцветные краски.

Он взял меня за запястье и выдернул из перехода, как морковку из грядки.

Обычно мои путешествия по переходам заканчивались пробуждением у костра, но на этот раз я очнулся в каких-то сырых кустах, сверху на меня капала вода, а по земле продувал ледяной ветер. Шлем валялся рядом.

Трава, влажная и тоже холодная, стелилась низким ковром. Серый его покров волновался. Надо мной в небе бил лопастями штрафной вертолет с желтым солнцем на борту. В тонированных стеклах отражался волчий прищур поднимающейся на небо луны.

Вертолет лег боком и понесся вниз, длинным лучом света на мгновение осветив застывшую фигуру Квоттербека, сидящего на корточках Лайна и Тайта, единственного, чье лицо удалось увидеть. Это было злое нервное лицо. Кусочек заячьего меха на шлеме Тайта подпрыгивал под натиском воздушных потоков.

Вертолет навис над самой травой, покачался немного направо-налево, выискивая нужное равновесие, и показал боковой черный проем.

Тайтэнд пошел, ссутулив плечи. Я поднялся из этих проклятых кустов и потащился к Квоттербеку. Мне хотелось узнать, почему он не заступается за Тайта, не просит для него второго шанса.

Квоттербек точно знал, зачем я к нему приполз, потому что тут же приказал молчать, и я молча стоял и смотрел, как Тайт забирается в вертолет, как затягивается черный проем и как Лайнмен опускает голову и лезет в сумки, делая вид, что должен заточить какой-то нож.

Потом все стихло. Вертолет отгремел свое, ветер унялся, говорливого Тайтэнда с нами больше не было. Трещали только изломанные мной кусты, но и они скоро зарастили свои повреждения, и тишина стала абсолютной.

Она царствовала всего несколько секунд. Квоттербек совсем не дал ей времени.

– Организовываем стоянку, – сказал он и первым сбросил рюкзак с плеч.

Лайнмен покорно молчал. Если бы не это обстоятельство, то таким же образом молчал бы и я. Но Лайн показал мне какую-то животную обреченность, потому я в противовес ему набрался боевого духа. Руки покалывало, затылок горел, сердце билось, гоняя по венам чистый адреналин.

Если бы Квоттербек задел меня хоть плечом, хоть взглядом, я бы развернулся и сломал ему нос.

Вместо этого я остервенело ломал ветки и стаскивал их в кучу. Черт его знает, кто теперь собирался заведовать ужином, но нельзя было позволить холоду действовать нам на и без того потрепанные нервы.

Из этих соображений я развел такой костер, что на нем можно было изжарить средних размеров акулу. Лайн тут же пристроился у самой кромки пламени и занялся своими ножами. Сумку с пайком он не тронул. К ней не прикоснулся и Квоттербек. Он сел напротив Лайна и, скрестив руки на коленях, немигающим долгим взглядом уцепился за выпавший из костра уголек.

Мне он показался ослабевшим и уставшим. Лайн, наверное, не обратил на это внимания, а я сразу же ухватился за шанс развенчать мое божество, снять его с пьедестала и вычеркнуть из пантеона. Навязчивая идея – мне было слишком тяжело восхищаться им, я слишком глубоко переживал эти чувства. Куда дешевле мне обошлось бы чувство разочарования или презрения, и поэтому я не упустил возможности вывести Квоттербека из равновесия и, может, даже сломить его.

– Это же четвертая линия, – сказал я, вопреки общему настроению добывая из рюкзака банку консервов. – Самая сложная линия поля.

Лайн кивнул. Квоттербек поднял голову.

– И мы остались без Тайтэнда, – продолжил я и всадил в жестяной кругляш острие короткого ножа. – Мы остались без Тайтэнда и замены. Квоттербек...

Мне пришлось сделать паузу, чтобы осадить свои нервы.

– На кой черт ты выкинул его на штрафную?

Лайнмен тоже насторожился. Он освободил руки и начал рассматривать Квоттербека внимательно.

Тот сидел, задумавшись, и подошвой ботинка катал по земле тлеющую палочку.

– Никто не знал, что он вскрыл Солнце. Само Солнце-то вот оно! – Я показал. – Цело и невредимо. Мы могли бы просто пойти дальше, вместе с Тайтом, но ты зачем-то вышвырнул его из Игры. Зачем? Ты смолчать не мог? Мог. Зачем ты разбил команду, его предал?..

Все-таки с голосом у меня было не все в порядке. Я нервничал и жалел Тайта, у которого не было шанса выжить.

– Раннинг, – сказал Квоттербек, медленно поднимаясь, – ты знаешь правила игры?

– Я знаю правила...

– Что ты еще знаешь кроме правил?

– Кроме правил я... я не знаю ничего, кроме правил, но...

– Вот когда ты сможешь продолжить объяснение, начнешь разговор с самого начала.

– Да я просто не могу терпеть все это! – выкрикнул я и моментально ссыпался со статуса обвинителя до роли бракованного по эмоциям Раннинга. – Мне... не нравится. Сильно не нравится это ощущение.

На этом моя попытка развенчать Квоттербека в тот вечер закончилась. Мы с ним мыслили разными категориями, но он понял то, что я пытался ему сказать, потому что ближе к утру, когда луна на небе посветлела и стала полупрозрачной, рассказал историю о смирении.

Рассказал, что когда-то, когда правила Аттама еще только прорабатывались, дефекты психики не могли скорректировать заранее и поэтому искореняли их постфактум.

Разными способами, сказал он. Но самый распространенный способ научить Игрока смирению – это после Матча связать, к примеру, Раннинга и Квоттербека и Квоттербеку перерезать глотку. Раннинг останется с трупом своего Квоттербека на долгие часы, и ему предстоит справиться с эмоциями, смириться с потерей и осознать, что сопротивление чужой смерти бесполезно.

После этого Раннинга, залитого кровью и смиренного, отвязывали от трупа, отмывали и отправляли на Матч укреплять нервы.

Процесс воспитания Игроков тогда был намного сложнее и затратнее, зато психика прошедших тренинг становилась идеальной.

Мне нельзя было слушать его истории. После каждой я погружался в какое-то отупение. В голове не укладывалось – как можно было просто так, ни за что, убить Игрока? Хорошо, воспитание психики... это важно. Но... кто дал право ради этого просто убивать Игрока?

Мой мир пошатнулся. В храмах нас любили и обхаживали, нас поили витаминными коктейлями и предоставляли доступ к любой информации, после тренировок нас осматривали медики, нам позволяли общаться и играть друг с другом.

Я считал – это наш дом, наш неприкосновенный храм, куда приятно вернуться после Матча, нас в нем ждут.

Теперь же я ковырял вилкой холодное консервированное желе и пытался разобраться – кем мы были для Служителей Монастырщины? Откуда они появлялись в наших храмах, о чем думали, выпуская очередного Раннинга из колбы?

Я видел их и через три слоя пластика и без преград. Все они, сосредоточенные, с холодными улыбками, в белых одеждах, были для меня исполнителями воли Аттама и, наверное, семьей.

Служителю можно было задать любой вопрос, пожаловаться на боль или дискомфорт и сразу же получить свою долю внимания. Они были акушерами, воспитателями и союзниками, угрозой – никогда.

А Квоттербек говорит, что прежде они убивали нас без причины. Как же так? Как же так, ведь мы – их создания, рожденные по правилам Аттама, а как возможно уничтожить то, что создал?

Как им позволил Аттам, как не распылила их Эба?..

– Такого не может быть. – В конце концов я защитился недоверием.

Квоттербек, хоть и казался спящим, расслышал мой шепот и поднял голову.

Я помню. Подождите, дайте мне лишнюю минуту на то, чтобы снова увидеть это до последней детали...

Он поднял голову. Его лицо – по правилам и образу Аттама, только в глазах было намешано всякого, что он не успел спрятать. Ему было меня жаль, я видел, но на самом деле жаль ему было не меня, а всех нас. Ему не хотелось больше молчать, он даже губы разомкнул, чтобы ответить, но потом передумал и снова опустил голову.

В ту ночь я не заснул. Отсутствие Тайтэнда тяготило меня так же, как сейчас – отсутствие ног. Команда понесла потерю, наш общий организм перекосило, и он еще не нашел того баланса, в котором должен был пребывать.

К утру это чувство потери стало невыносимым, и я положил себе свергнуть господство предавшего нас Квоттербека и начал с того, что перестал задавать ему вопросы.

Я хотел свергнуть своего бога.

Кстати, кто-нибудь из Служителей разбирался в вопросе религии Игроков? Помнится мне, перед заморозкой кто-то из вас сильно удивлялся моему мировоззрению, а я, какой-то чушью обколотый, выложил ему все и сразу... Не занимались? Вам не интересно. Понимаю. Да и зачем вам разбираться, все и так ясно. На каждой колбе снаружи и изнутри стоит знак «Ат-Там». С момента зарождения сознания эти буквы всегда перед нашими глазами, и они же наше клеймо. Я так давно здесь болтаюсь, что уже в курсе – это просто завод-производитель наших колб и другого оборудования, товарный его знак. Но что поделать – в моем сознании до сих пор живет образ всесильного бога, по правилу которого я был создан и по образу которого был создан Квоттербек – сильный, черноглазый, с особым, внимательным и почти неподвижным взглядом.

Утром прекратилась мерзкая морось, кусты распрямили ветки, выпрямилась примятая трава. Ночью все казалось серым, но под солнцем высветилось серебром. Небо, в которое вертолет утащил Тайта, было цвета алюминиевой ложки. Я мельком подумал – его, наверное, уже нет в живых.

Раздумывать дальше мне не дал Квоттербек. Он запряг нас с Лайном проверять оборудование, оружие, пересчитывать припасы, и мы битых два часа рылись по рюкзакам и сумкам и раскладывали так и сяк различные приборы и банки.

Оказалось, что третья линия почти полностью лишила нас медикаментов – осталось несколько ампул с реактивами для смеси плазмы и крови, бинты и иглы. Стимуляторы закончились, закончился разряд микрохирурга, не было энергии на диагностах – все сожрала броня Лайна.

Броня Лайна извела заряд «Иглы», кормить ее было нечем. Все, что осталось в норме, – это наши шлемы и персональный «Аттам» Квоттербека. Остались «Щелчки», пара котелков и связь.

Проще говоря, наши шансы на выживание снизились вдвое при условии, что линия болеет за нас, и вчетверо – при условии, что линия болеет за Луну.

Лайн сильно переживал за «Иглу». Он молчал, конечно, но сидел над ней, как над трупом, сумрачный и тяжело дышащий. Здесь, среди серебристой травы и кустов, он выглядел большой камуфляжной кочкой. Серые глаза выделялись на раскрашенном пятнами хаки лице.

Еды тоже осталось мало. Пара банок холодного желе и пакетик со специями, который Тайтэнд, оказывается, запихнул в карман одного из рюкзаков. Без Тайта этот мешочек был для нас почти бесполезен. Я умел пользоваться только солью, но в итоге все-таки запихнул специи к себе во внутренний карман. Выбрасывать их было бы кощунством.

Четвертая линия, одна из самых сложных и длительных, казалась мне непреодолимой – без Тайта, среди вещей которого не было ничего, что помогло бы необученным премудростям минирования Раннингам и Лайнам. Квоттербек внимательно разобрал провода, детонаторы и лески, что-то взял себе, а что-то отложил и после закопал в горячей дымящейся яме, из которой мы извлекли Солнце.

Оно, пахнущее кислыми реактивами, натужно гудело, мигая множеством огоньков.

Лайн откашлялся и взвалил его на плечи. Квоттербек кивнул ему, набросил на лицо экран шилдкавера и раскидал по нашим шлемам информацию о предполагаемом маршруте.

Я увидел изрезанный берег какого-то водоема и кубик большого города, стоявшего прямо на побережье. За все утро я не произнес ни слова и сейчас смолчал, хотя хотел узнать – почему мы не идем разведкой? Как узнать, за кого болеет линия? Неужели ввалиться в нее наобум, без медикаментов и заряженного оружия?

Так, почти налегке, мы побрели через серебряное поле, шурша жесткой травой, местами доходившей до пояса. Я обернулся однажды, пытаясь запомнить это место, но позади небо слилось с горизонтом, и запоминать оказалось нечего.

Лайнмен шел за Квоттербеком, а я замыкал цепочку, упрямо глядя в его спину. Тогда я и заметил, что термоструктурная защита начала плавиться. Защитный пласт свернулся по краям и сморщился. Кое-где виднелись застывшие капли.

Солнце набирало силу и на пятой линии должно было стать нашим проклятием. Что я ощутил? Гордость за преодоленные трудности, уверенность в победе и досаду – Квоттербек, который предал Тайта, снизил наши шансы.

Несколько часов пути, что мы шли по серебряным ножам травы, я боролся со своими эмоциями, искренне надеясь не выпустить их наружу. Квоттербек сказал – что ты знаешь кроме правил? Я что-то точно знал, но не мог облечь это в слова. Мне приходило на ум слово «братство», и казалось, что непобедимым оно было именно потому, что никто никого не предавал и не отправлял на штрафную ради правил. Но без правил не было бы Матча, а без Матча чем жить Игрокам – нам, идеальным и великолепным бойцам за победу?

Выходит, Квоттербек был прав, но мне почему-то не становилось легче.

Я старательно откинул эти мысли, и они заменились воспоминанием о вчерашней истории об убитых Игроках. Стало еще хуже.

Великий Аттам, подумал я, почему мне достался именно этот Квоттербек? Почему именно он, вместилище баек и страшных историй, представитель древней и наверняка устаревшей серии? Почему не молодой и свежий, веселый Квоттербек моей мечты? Яркая индивидуальность, отличный от других и, может, тоже с каким-нибудь сумасшедшим цветом волос?

Я думал так, но одновременно осознавал, что, если бы меня и моего Квоттербека связали вместе и кто-нибудь сунулся к нему с ножом, я бы сделал что угодно – руки бы себе отгрыз, но защитил его, не дал ему умереть.

В общем, во мне не было ни капли смирения.

Вся моя серия такая или я один отличился?

Добавьте раствора. Боль путает мысли. Я хочу быть последователен, а сейчас пропускаю детали: например, забыл сказать, что при пересмотре оборудования и припасов я не заметил исчезновения одной очень важной вещи.

То, что я счел обычным водоемом, оказалось бескрайним морем какой-то жирной липкой черноты. Волны по ней не бегали, да и вообще не шевелилась эта дрянь в своих берегах и только ближе к земле становилась пыльной, густой и грязной. Мы шли по берегу, Солнце радостно пищало за плечами Лайна, а тот кашлял, перекрывая этот писк. Я косился на густую черную жижу. За полчаса нашего шествия ее спокойствие разбавила только торчащая вертикально сухая ветка. Квоттербек искал что-то глазами и в конце концов приказал нам остановиться.

– Лайнмен, – сказал он и кивнул на море черной дряни, – этим можно накормить «Иглу».

Лайн покосился недоверчиво, помотал круглой головой.

Я присел на корточки и потрогал жижу. Она дико воняла и маслилась на пальцах.

– А что это? – спросил Лайн, не решаясь скармливать «Игле» неизвестно что.

– Прародитель всех реактивов, – ответил Квоттербек. – Сейчас этим кормят буровые установки. «Игле» с трудом, но сойдет.

Лайн поверил. Сбросил на мелкий песок Солнце и распаковал «Иглу». Вскрыл ее брюхо, обнажив длинный мышечный мешок желудка, и, зачерпнув черной дряни, влил ее внутрь. «Игла» чавкнула, закрывая желудок, тихонько зажужжала и через несколько минут зажгла легкий зеленый огонек, показывая, что принялась за переработку пищи в заряд.

Пока она трапезничала, Квоттербек крутил карту так и сяк, то приближая ее, то отдаляя. По всему выходило, что мы находимся прямо напротив города, но никакого города не было в помине – песчаные барханы и неподалеку разбитая взлетно-посадочная полоса, в трещинах покрытия которой росли какие-то сухие веники.

Я пошел туда, нарочно не спрашивая разрешения и не прося прикрытия. Мне казалось, что на открытом, хорошо просматриваемом пространстве нет никакой угрозы и это самое лучшее место, чтобы выразить своеволие.

– Раннинг, – в наушник осадил меня Квоттербек.

Я промолчал и не обернулся. Под ботинками хрустел разбитый бетон и стекло. Откуда-то взялся сухой жадный ветер. Веники зашуршали, предупреждая.

– Раннинг, назад.

Голос Квоттербека перекрыли помехи, и тогда мне пришло в голову, что линия-то четвертая и ожидать от нее можно чего угодно.

Мысль была светлая, но запоздалая.

Когда я обернулся, побережья уже не было.

Передо мной вместо старой полосы расползалось вширь приземистое здание с заклеенными газетой окнами и одной-единственной дверью. По всей длине здания тянулись красные буквы: «К-Р-Е-М-А-Н-Ь».

Буква «Е» покосилась и висела набок. Ветер сбивал вниз чешуйки высохшей старой краски.

– Квоттербек, я Раннинг, – торопливо сказал я. – Квоттербек...

Наушник опустел, в нем не было ни голосов, ни помех.

Я снова развернулся и пошел назад, надеясь выйти из заколдованной зоны, но через несколько метров наткнулся на кромку берега – океан черной вонючей жижи подступил мне под ноги. Кроме него и здания, здесь не было ничего и никого.

Пришлось обратиться к шлему. На экране шилдкавера я запросил свои координаты, и шлем без колебаний определил меня как гостя того самого города, который разыскивал Квоттербек.

Получалось, что я стою в сотне шагов от своих, но на деле я торчал на пустынном берегу, и те самые сто шагов завели бы меня в глубину черного моря.

Ситуация становилась напряженной. Я включил маячок и заходил взад-вперед, надеясь поймать ответный сигнал или засветить свой. Тщетно. Связь молчала, маяк работал вхолостую.

– Молодой человек!

Я обернулся. По песку, оскальзываясь, ко мне бежал толстяк с большой потертой папкой под мышкой. В другой руке у него был раскрытый выцветший зонтик.

– Ну что же вы, – укоризненно сказал толстяк в ответ на наведенный на него «Щелчок». – Ах да...

Он уронил зонтик и извлек из кармана маленький флажок с изображением Солнца. Продемонстрировав мне флажок, он наклонился за зонтиком. Я стоял как дурак, не зная, что и думать. Тем временем толстяк раскрыл папку и, держа под мышкой зонт, принялся размахивать какими-то бланками.

– Имя ваше?

Я пожал плечами.

– Нет? У вас так часто... А кто же вы?

– Раннинг, – сказал я, держа «Щелчок» наготове. – Где моя команда?

– Да явится, куда денется, – радостно сказал толстяк, на весу выводя в бланке крупные буквы. – У нас правило такое – все по отдельности.

– Я не могу по отдельности. Мне нужна команда.

Толстого этого стоило зажать и ткнуть ему стволом в висок, но он постоянно размахивал то зонтом, то карандашом, ронял какие-то листы и сбивал меня с толку.

– Будет вам команда, – пообещал толстый. – У нас Журов ждет не дождется напарника. Пойдемте, молодой человек. Вам же линию проходить, а у нас тут правила...

Я пошел. Куда было еще деваться? Не в черную дрянь же прыгать... Тем более это был наш болельщик.

Без Квоттербека и Лайна я ощущал себя куском мяса, а не Игроком, поэтому держал «Щелчок» на вытянутой руке и готов был стрелять на каждый шорох, но даже ветер стих, и мы без приключений добрались до той самой двери. За дверью оказался холл с выкрашенными в грязно-серый цвет стенами и развешенными по ним агитационными плакатами и тяжеловесной конторкой, за которую толстяк немедленно взгромоздился.

– Раннинг команды Солнца, – объявил он, – вы вступили на пятую линию поля Последней

Анестезии, в город Кремань, и сим обязуетесь исполнять вышеозначенные правила нашего города...

«Сим» – это какой-то бумажкой, на которой он затребовал оставить подпись.

Я прочитал документ. Там говорилось, что раз я желаю пройти линию и воссоединиться с командой, то обязан вступить в альянс с напарником (имя его было вписано в пробеле от руки) и отработать свое желание в соответствии с нуждами Кремани.

После толстяк вручил мне два талона. На каждом красовалась фотография и краткое описание.

– Ваш пропуск на пятую линию.

На одном талоне я увидел лицо Лайнмена, на втором – Квоттербека.

– И что?..

– Одного из них, – сказал толстяк, – вы в течение трех суток должны найти и убить.

И ловко шлепнул на талоны густые фиолетовые печати.

– Напарник ждет, – сказал толстяк.

Я вскинул «Щелчок», и тогда он покачал головой, глазами показывая на многочисленные ниши, тянущиеся вдоль потолка. Я кожей ощутил – там сейчас взводят курки.

– Вы играете, – ласково сказал толстяк, – и мы играем... За каждое желание – плати. Мы тоже веселимся, молодой человек... Вы поймете. Я же на вас несколько минут назад вашему командиру тоже талончик выписал. Будет очень весело...

Выходит, они здесь, в городе под названием Кремань...

Я сгреб талончики в карман.

– Оружие оставить можно?

– Нужно, – улыбнулся толстяк и постучал по конторке карандашом. – И шлем можно. Вам потом пригодится, когда дойдете до конца линии. И рюкзачки свои там найдете, и это ваше... Солнце. Мы же не изверги, а болельщики. Просто берем разумную плату за открытый нашими стараниями проход... Весело? Очень. Справедливо? Конечно. Вы-то с нас сколько берете... Ваша дверь – третья справа прямо по коридору.

Какой же я болван! Квоттербек отдал Тайта на штрафную, но пытался держать оставшихся вместе. Команду развалил не он, а я.

Пока я искал нужную дверь, расслышал голос толстого за стеной: «Все! Все прошли... Трое. А Тайтэнда они просрали...»

Вот тебе и болельщики. Недаром четвертая линия считается самой сложной, сложнее пятой. Через дверь я вышел на узкую улочку, по бокам которой громоздились лопнувшие вдоль и поперек здания. Из них торчали какие-то столы, бархатные кресла и цветные абажуры, в окне второго этажа висел рояль и кусок кружевной занавески. Прямо под моими ногами валялся горшок, из которого высыпалась земля и засохший кустик. Занимая всю дорогу, напротив рычал и плевался черным дымом выкрашенный в серо-желтый, колючий вездеход. Техника эта была из тех, что реактивы не жрет и мышц не имеет – чистая механика, железо, шестеренки.

Из вездехода торчал кто-то в танкистской шапке и грязной рваной майке на голое замасленное тело.

– Журов! – проорал он, заглушая рев двигателя. – Твой инструктор! Один не справишься!

– Вылезай, – сказал ему я.

– Что?

– Вылезай!

Он вылез и пошел навстречу. Тощий он был, жилистый, с умными темными глазами и детским, но очень изжеванным лицом.

– Журов, – сказал он еще раз, думая, что я не расслышал, и зачем-то протянул мне руку.

За эту руку я дернул его к себе, развернул и впечатал в грязную кирпичную стену, в шею воткнув ему ствол «Щелчка».

Он выдохнул и замер, косясь на меня встревоженным черным глазом. Пахло от него старой механикой и чем-то горьким.

– Не справишься один, – прохрипел он, напрягая шею.

Я не собирался его убивать. Я должен был определить иерархию в нашем «альянсе». Кто сильнее, тот и главный. Проверка показала, что руководить буду я.

– Ты кто? – спросил я, ослабляя захват.

– Кто я? – глупо переспросил он.

– Какая серия?

Мне казалось, он отупел от ствола «Щелчка».

– Я твой напарник, – терпеливо объяснил он. – Журов... Вон наш «Пыж»... транспорт. А стоять так здесь опасно, на тебя же тоже дана ориентировка...

Это заявление я оценил и под прицелом поволок его к «Пыжу». Тот стоял и пыхтел, разогретый до состояния сковороды. Внутри этого «Пыжа» было еще жарче, словно на Солнце уселся. Еще там было тесно, на полу валялись какие-то тряпки, а вместо удобной обзорной пластины перед глазами красовалась узкая щель, в которую были видны кусок водосточной трубы и заржавелый номер дома.

Журова я отпустил, и он с грохотом захлопнул дверцу.

– Поехали, – сказал я. – Туда, где безопаснее.

– Вот карта, – сказал Журов, потирая спасенную шею, и подал мне грязный рваный лист плотной бумаги. – Смотри сам, где твой Квоттербек тебя искать не станет.

Значит, все-таки, Квоттербек, с неприятным чувством, похожим на страх, подумал я. Я отдал ему душу, но после случившегося с Тайтом не мог полностью доверять. Вдруг он сочтет, что моя жизнь – приемлемая плата за прохождение четвертой линии? Меня убить проще, чем Лайна, у которого к тому же заряжена «Игла». И плевать тогда, что я второй по ценности Игрок в команде... Квоттербек выберет меня.

Куда же?.. Куда деваться, где он не будет меня искать?

Я Раннинг. У меня самая высокая мотивация к победе. Это значило, что я готов был положить под нее труп Лайна, лишь бы закинуть Солнце на ветку. Это значило, что я должен был не показываться Квоттербеку на глаза, потому что убить меня было легче легкого.

Я вертел карту туда-сюда, пытаясь начать думать, как Квоттербек, но добился лишь того, что стал думать как последний болван, прямолинейно и убого.

– Покружи пока, – сказал я этому Журову, понимая, что оставаться на месте нельзя.

Он охотно вцепился в какие-то рычаги, задергал их, и «Пыж» покатился по улице, воя, словно стая волков.

Я расстелил кое-как карту и всмотрелся. Судя по ней, Кремань с высоты птичьего полета выглядела как круглый торт, разрезанный на куски. В центре белел пятачок площади, от которого рассыпались радиальные нити улиц. Под городом, внизу, были обозначены еще какие-то районы, но они были жирно перечеркнуты маркером.

– Это что?

Журов покосился.

– Отстойники. Там ни одного нормального человека.

В Отстойники отправился бы Тайтэнд.

– А здесь?

– Здесь гостеприимцы. Развлечения, покер, дамы... Ну, ты понял.

Я ничего не понял. Мне не хватало ума, чтобы создать какую-то стратегию или соорудить план действий. Я был глупым Раннингом, черт возьми, а не Квоттербеком, мои шансы выжить падали с каждой минутой бездействия и раздумий.

Лайнмен наверняка окопался где-то в полном вооружении и сидит, готовый к обороне. А что делать мне? Он не будет охотиться – не его это специализация.

Я раздумывал и очнулся только тогда, когда «Пыж» дернулся и встал намертво. В смотровой щели показалось какое-то движение, быстрое и суматошное. Журов выпрямился, выбил руками люк и безмятежно уставился на улицу, дыша вонючим дымом через маленькую белую палочку. Я помедлил, отложил карту и тоже поднялся.

По пыльной белой дороге вдоль и чуть наискосок бежал тощий паренек с маленьким рюкзачком за плечами. Бежал он, с моей точки зрения, безобразно – ноги ставил вкривь и вкось, никакой цели перед собой не имел, смотрел вперед обезумевшими глазами и весь болтался из стороны в сторону. Завидев «Пыж», он радостно вскрикнул и торопливо заковылял в нашу сторону. Я не сразу понял, от чего он убегает, но потом позади него показались пыльные фонтанчики, взбитые пулями, а потом и сам преследователь, увешанный пулеметными лентами и почти голый. На нем болтались только грязные рваные штаны.

С победным кличем абориген Кремани уронил на руки дуло короткоствольного огнестрела и снова зарядил длинной очередью. Журов на секунду опустил глаза и старательно затушил белую дымную палочку о броню «Пыжа».

– Что ж он со спины?.. – только и успел спросить я.

Для меня было странным такое противостояние – по всем признакам оба участника событий созданы по правилам Аттама, значит, и драться должны лицом к лицу.

Парень с рюкзаком добежал. Выбросил вперед длинные цепкие руки и ухватился за наш борт, но повис на нем мешком. У него из-под лопатки выбилась долгая алая нить, потом угасла, и темное пятно поплыло по выгоревшей майке и лямке рюкзака.

Абориген снова радостно взвыл и боком, опасливо глядя на нас, потащился к своей добыче. Мне его глаза не понравились – в них не было спокойствия, а вместо боевого духа угадывалась яростная и трусливая эмоция.

Совершенно бракованный экземпляр, как на улицу-то выпустили?

Не дойдя до «Пыжа» метра два, экземпляр остановился и сказал хрипло:

– Мне бы обналичить...

Журов глазами указал вниз и поправил свою танкистскую шапочку обеими руками. Опасливо косясь, экземпляр подобрался к еще живому пареньку и нацелился прикладом на его затылок.

Я взялся руками за края люка и спрыгнул ему навстречу.

– Раннинг! – окликнул меня Журов. – Не мешай...

– Помолчи.

Я встал между пареньком, все еще висящим на колючей броне, и его убийцей, здоровенным мужиком, изрисованным полосами машинного масла.

– Отойди, – неуверенно сказал тот. – Я вот. – И показал мне смятый талон, такой же, как и у меня, только с другой фотографией. – Я за ним неделю гонялся!

– Ну все, – сказал я ему. – Видишь, ты победил. Ты сильнее. Чего еще?

Как же плохо я ощущал себя без Квоттербека, который умел договариваться без слов!

– Их надо убивать, Раннинг, – пояснил сверху Журов и почему-то вздохнул. – Тут смысл Игры другой и правила другие, ты пойми, брат.

Он снова вздохнул, тоже вылез из люка и как-то ненавязчиво протиснулся между мной и полосатым.

Полосатый незамедлительно кинулся к окончательно ослабевшему пареньку и с одного удара раскроил ему череп, оставив над ухом длинную черную трещину. Смятый талон он вымочил в выплеснувшейся крови, подтянул свои пулеметные ленты и застыл, нехорошо нас рассматривая.

– Правила тут, – безмятежно объяснял Журов, снова поджигая свою дымную палочку, – желание за жизнь. Жизнь любая и желание любое. Ну, понял? Ты же Игрок... Я должен...

Он не успел договорить, чего он там должен, потому что замасленный мужик вдруг вновь издал вопль, отбросил труп от «Пыжа» и торопливо полез вверх по колючему горячему боку машины.

Будь это биогенная техника, тут бы и закончилась его никчемная жизнь, но полностью механический «Пыж» благодушно ревел двигателем и не сдвинулся с места.

– Куда?! – заорал Журов и кинулся следом.

Он успел только ухватиться за брыкающуюся ногу, но потом она исчезла в люке, крышка захлопнулась, и «Пыж», поворочав колесами, крутнулся на месте и торопливо укатил, блестя на солнце всеми своими частями. Вместо него остались дымный выхлоп и труп паренька.

– Твою мать!

Журов повернулся ко мне и растерянно развел руками.

– Ты чего стоял-то?

– В правилах ничего на этот счет не было, – отозвался я. – А есть подробная их опись?

Мы пошли пешком. Закоулками, заваленными мусорными контейнерами, откуда ощутимо тянуло мертвечиной. Перебирались через заборы, на которых витыми кольцами держалась колючая проволока, пробирались через доски-мостики на задних дворах. Под досками желтели густые лужи. Нам встретился однажды заваленный коробками некто, пищащий от ужаса, и однажды – с безумными охотничьими глазами кто-то с замазанным смолой лицом и тяжелым ножом наперевес. Обоих я брал на прицел, но пищащий только взвыл обреченно, а охотник ринулся в сторону и исчез в какой-то подворотне.

Правила этой Игры особого интереса для меня не представляли. Я понял – если ты чего-то хочешь, то добиться этого можешь через смерть выданной тебе цели, а остальные могут быть либо помехой, либо помощью в достижении. Наша команда хотела вернуть Солнце. Что там хотела... обязана была вернуть Солнце. Потому мы и оказались втянуты в правила чужой Игры.

Несмотря на царящее вокруг напряжение, мне стало скучновато. Никто из нас не был убийцей. Мы создавались специалистами, приспособленными для выполнения самых разных задач, но жажды крови в нас вложено не было. Боевой дух – это другое. Это ощущение гордости за себя и свою силу, самоуважение и воля к победе. Кровавой резней нельзя было заинтересовать даже Тайта и Лайна, которые по умолчанию являлись Игроками обороны и нападения. Раннинги в этом плане вовсе провисали. Я, например, недоумевал, как зародыш, впервые обретший зрение.

Вспомнилось, как мы убивали «Доброго» и как было потом тяжело на душе, вспомнилась стычка с Волками – убивали, защищаясь. Ну, Тайт ликовал, но не было у него в глазах трусливого безумия, просто радовался победе...

Квоттербек вовсе оставался спокойным во всех обстоятельствах. Надеюсь, он и сейчас спокоен – сейчас, когда ему необходимо сделать выбор и убрать Игрока его же команды ради победы Солнца.

Я размышлял, а Журов шел рядом, выставив костистые плечи, и молчал, только тянул одну за другой свои дымные палочки. Шапочка наползла ему на лоб, губы беззвучно шевелились – ругался. В нем не чувствовалось ни жажды крови, ни боевого духа. Но и спокойствия не было. Что такое этот маленький инструктор, я сразу разгадать не сумел.

Он вывел меня за черту города, туда, где за лесом ломаной арматуры показалась разбитая взлетно-посадочная полоса, окруженная серыми пузырями ангаров. Между ними свистал ветер, ветер гладил их по ребристым спинам, и все вокруг трещало и выло. Журов выбрал крайний ангар, достал из кармана связку ключей и, погремев, распахнул дверь. Я вошел. В ангаре пахло тряпками, маслом и дымом.

– Здесь можно пересидеть до вечера, – сказал Журов, с сожалением глядя на темный пустой прямоугольник на полу. – Эх, что упало... то пропало.

– А почему вы пользуетесь механикой? – спросил я, не торопясь здесь обустраиваться. – Завели бы биогенную технику, она бы могла за себя постоять.

– Это какую? – с интересом повернулся ко мне Журов. Его глаза заблестели. – Это как?

Я специалистом по биогенной технике не был. Объяснил, как смог, и Журов аж рот открыл.

– Мне бы... хотя нет, – одернул он себя. – Ничего я не хочу.

И снова угас. Выволок в центр мягкое рыжее сиденье, рядом поставил пустую консервную банку, заполненную пеплом.

– Есть хочешь?

Я хотел и последующие полчаса молчал, пережевывая все, что он тянул из коробок – консервы в пряном остром соусе, белый тугой хлеб, какие-то засоленные ягоды и резанное на куски холодное мясо.

Журов все тянул дым и под конец надымил так, что я еле дышал.

– Не куришь? – спросил он меня, я покачал головой, зато моментально уложил новое понятие в памяти, создал на его основе правильное существительное, различные варианты глаголов и подходящее прилагательное.

Все это заняло доли секунды, и после я смог ответить:

– Не курю.

Я накинул шилдкавер шлема – тишина. Мои координаты и пустота вокруг.

– Здесь все гасится, – сказал Журов, заметив мое движение. – Заглушки кругом. Не так уж и плоха наша техника, как тебе кажется. – Он подумал немного, с трудом проглотил кусок и добавил: – Это ты еще «Королей» не видел. Искусственный интеллект на чистой механике... ничем не прошибешь.

Он наклонился и отщипнул ломтик сероватого хлеба.

– Я всю жизнь на технике, – проговорил он. – Еще до Кремани – танкистом был. Воевал, в три погибели спал, землей питался и спиртом запивал. Знаешь, вот встал утром, выкопался, ливень, ни зги... Гром гремит. И только в кабине человеком себя чувствуешь, привык, уютно, как у матушки в брюхе. Я с танками, как эти твои... биогенные. Я его плоть и кровь. – Он снова закурил. – И «Пыж» я верну, – глухо добавил он.

Я посмотрел на него и понял – вернет.

– А потом я пожелал, чтобы все закончилось, – продолжил бывший танкист, и выглядел он так, словно напрочь про меня забыл и рассказывает сам себе. – Чтобы домой вернуться, спать на кровати, жареную картошку жрать. Дезертир я... нажелал на свою голову. Дезертир, – беспощадно повторил он, сжимая губы в узкую полоску.

Снаружи зашумело, словно кто-то подкрался на мягких лапах, а потом со всей силы бросился на рифленые стены ангара.

Я схватился за оружие, но Журов помотал головой:

– Дождь.

И все-таки из предосторожности я вышел наружу. Сильные хлесткие струи бились в раскрошенный серый бетон, потоками несло из города мутную бурую воду, пахнущую железом. Мотало в маленьких бурунах какие-то смятые этикетки. Принесло мокрый насквозь талон с плохо различимой фотографией. Крови на талоне не было, и с ним, распластанным на пальцах, я вернулся в ангар.

– Что будет, если Игрок откажется соблюдать правила?

– Его ликвидируют «Короли», – охотно разъяснил Журов. – Город маленький, поголовье прячущихся крыс разорвет его в клочья. Остаются только инструкторы и те, кто выполняет задание, остальных...

– Отстойники, – напомнил я.

– Зачищают раз в месяц, – сказал Журов и потушил сигарету о кожаную вставку своего ботинка. – Так даже удобнее, они сами туда сбегаются. Оппозиция, мать их за ногу. Отдохнул?

Я и уставшим-то не был, просто голодным. А после предоставленного Журовым ужина мог бы на одном дыхании километров пятьдесят пересеченной местности одолеть.

– Моя задача – помочь тебе как можно быстрее накрыть цель, – принялся объяснять Журов. – Чтобы не затягивал процесс, так сказать. Для начала – кого ты выбрал?

Я вынул из кармана свои талоны и посмотрел. Лайн, Квоттербек...

– Квоттербека не убить, – твердо сказал я. – Это то же самое, что головой об бетонную стену... Лайнмен проще.

Я помнил о Солнце, помнил о том, что моя задача – закинуть его на ветку. Выбирать так выбирать. Но одновременно с уверенностью в том, что я обязан выиграть в навязанной мне Игре, ощущал смутную тревогу – что-то подгрызало уверенность изнутри, и чем дольше я смотрел на фото Лайна – на его в камуфляж изрисованную кожу и светлые глаза, тем тяжелее мне становилось.

– Значит, Лайнмен, – одобрил Журов. – Смотри...

И он развернул карту на тощих коленях.

– Я с вашей братией сталкивался уже, и по опыту судя... Лайнмена ты завалишь только в катакомбах, где ему развернуться негде будет. Здесь, – он показал, – вход в Нижний город. И здесь. Севернее еще один вход, но там только ползком, весной было обрушение. Я тебе предлагаю перед ним засветиться и тащить вниз – бегаешь ты отлично. Искать его нужно... тут. Трое из четверых Лайнменов окапывались на башнях. Там обзор и укрепления, самое для них подходящее место.

Я слушал его и раздумывал. Я никогда не был силен в логике, но понимал, что гонка на выживание может закончиться для нашей команды полным крахом, цепной реакцией смертей. Кто тогда понесет Солнце дальше?

Журов, выслушав вопрос, ответил туманно и сухо:

– Откуда ты знаешь, что будет с вами после смерти? Это, брат, Кремань... Здесь никто ничего толком не знает, разве что во Дворце.

Он поднялся, сухощавыми руками потянулся к моему вороту и прикрепил крошечную паутинку-жучок. С этой паутинкой, вооруженный одним лишь «Щелчком», я и вышел на улицу, где бурный ливень сменился прохладной моросью. Город лежал в подушке молочно-белого тумана, с правого бока из тумана торчали черные искривленные пальцы башен. Туда я и пошел, держа бесшумный быстрый темп. Может, повезет, и я действительно найду Лайна там... и сумею заманить его в катакомбы и через быструю победу избавиться от навязанных нам правил чужой Игры.

Несколько раз я останавливался: прижался к стене, услышав истеричный вой, перешедший в какое-то адское хихиканье, потом, завидев сумрачную группу людей с торчащими за плечами ржавыми пиками, покружил немного по улицам, путая следы, и остановился в тяжелой полутьме под довольно хорошо сохранившимся домом.

Над домом висела зеленоватая звезда, вся в сизых клочьях. Первый этаж был затемнен, а на втором сияла рубиновым целая вереница окон. Все они были закрыты занавесями, похожими на содранную кожу – в огненном путаном узоре. Приглушенно играла музыка – ритмичная череда звуков и трелей. Виднелись черные колышущиеся силуэты – то крупные и квадратные, то тонкие и волнистые.

Я прижался спиной к станине неработающего фонаря и долго смотрел на эти окна – за ними жили какой-то непонятной мне, жгучей жизнью.

Великий Аттам, что я, Раннинг, Игрок на поле Последней Анестезии, делаю на улицах этого города, под алыми окнами?

Все это было мне настолько чуждо, что хотелось закрыть глаза и снова оказаться на первой линии, снова подойти к Квоттербеку и снова увидеть его лицо, сжатые в белый шрам губы и теплый огонек в матовом черном зрачке.

Я никогда больше не ослушаюсь приказа.

Никогда.

Четвертые линии – самые сложные для нас, потому что там обычно творится что-то, нашим умам не подвластное. Например, там ценятся Эбы – правда, в странную цену плитки шоколада и галет, но ценятся.

Пока я стоял и глазел на окна, ее вынесло из лязгнувшей двери, повело на мокром асфальте и швырнуло к моему столбу. Я вытянул руки и поймал ее, но не успел подхватить падающий сверток. Из свертка в лужу плюхнулись плитки шоколада в красной надорванной обертке и белый бумажный пакет. Пакет вымок моментально, хотя она и бросилась подбирать его с жалобным криком, а шоколадки поднял я.

Тогда я возомнил себя крайне опытным в вопросах пола, потому что уже видел настоящую Эбу, а эта мало чем отличалась. Тоже маленькая и как-то странно сложенная, с пышным рыжим нагромождением волос на голове и светлым, маленьким личиком.

Я уже знал, что Эбы не питаются моей силой, но влипать в новые неприятности, связанные с их организмами, мне не хотелось. Поэтому я сунул ей в руки шоколад и зашагал под какую-то арку, откуда нещадно несло мочой и кислятиной.

И снова – вот наваждение, да что со мной такое! – Эба поскакала следом, стуча своей шаткой обувью по разбитому асфальту.

Пришлось ускориться. Миновав вонючую арку, я свернул влево и замер за выступом одноэтажного безглазого дома.

Эба выскочила следом и остановилась в нерешительности.

– Человек Солнца! – дрожащим голосом позвала она, озираясь.

Темные пятна ее глаз безуспешно нащупывали меня в темноте.

Несколько секунд она ждала ответа, качаясь вправо-влево.

– Ты ушел? – спросила она наконец.

Ушел – стопроцентно. Знаю я вас. Сначала бегаешь туда-сюда с одной на руках, потом обнаруживается, что их стало двое, а после отмываешься от произошедшего, насмерть схватываясь с Тайтом на шляпке фиолетового гриба. К черту.

Эба все так же беспомощно озиралась. Я хорошо видел ее – тонкую, глупую, незрячую под светом тусклого фонаря.

Глупую – это точно. Вместо того чтобы проверить периметр двора, она вдруг полезла в этот свой мокрый пакет, вытащила какой-то кусок и принялась жевать.

Ее окликнули из арки:

– Люка!

Гортанным, тягучим голосом.

Она обернулась и вдруг бросилась бежать. Полы мокрого плаща развевались, рыжие волосы подпрыгивали на затылке. Бежала она еще хуже, чем недавно убитый парень, – подпрыгивая, как те птицы, что мы с Тайтом набили на второй линии. Ее мотало из стороны в сторону, и за три минуты она преодолела только половину двора.

За ней не менее неуклюже, но намного быстрее кинулся какой-то тощий, в подбитых железом ботинках человек с блестящей мокрой лысиной.

Он догнал Эбу у следующей арки и прихватил за бока. Эба знакомо запищала, забилась и упала, гулко ударившись о низкий выступ балкончика.

Склонившись над ней, лысый с длинным оттягом ударил прицельно – куда-то ей под ребра, видимо, сильно, потому что она захрипела и принялась корчиться – верный признак точечного попадания в солнечное сплетение.

Мне пришлось выйти из укрытия. Опыт общения с первой Эбой доказывал, что они никчемные бойцы и тело их не предназначено для защиты, слишком много мягких уязвимых мест.

Лысый сел на корточки. Одной рукой он шарил под плащом Эбы, другой запихивал в карман шоколад и этот ее несчастный пакет.

Меня он не слышал – Эба снова обрела голос и принялась верещать. Она вскинулась и вцепилась в обидчика. Визжа, она вырывала обратно бумажный пакет и не сдавалась, хотя свободной рукой он бил ее в беленький висок, залепленный мокрыми прядями рыжих волос.

Мне никак не удавалось взять в толк, что такого в нем ценного, и разбираться я не стал. Сзади взял склоненную крутую шею лысого в крепкий захват, потянул его на себя, надеясь, что мне хватит веса его опрокинуть, и опрокинул все-таки, упершись ногами в зернистый асфальт.

Под желтым фонарем мы немного повозились в грязи и мутной воде, но он был дрябл и заторможен, поэтому справиться с ним было легче, чем с левой рукой Тайта.

В конце концов я отпустил его – надоело, и он по-паучьи кинулся в щель между домами.

Эба забилась под балкончик и оттуда длинно всхлипывала.

– Не подходи, – предупредил я ее, все еще помня о нежелании связываться с этими странными существами. – Иди своей дорогой.

Башни, в которых нужно было искать Лайнмена, цеплялись за небо совсем рядом, а я застрял здесь и начал потихоньку раздражаться.

– Я по шлему узнала, – сказала Эба, ползая по земле и собирая рассыпавшиеся галеты, – с прошлого раза запомнила... Вы здесь самые сильные, сильнее никого нет. Я видела, один из ваших убил «Короля».

– Когда? – насторожился я.

Оказалось, что прошлой осенью.

Это была Игра четвертого сезона.

– А в этот сезон нас видела?

Она помотала головой и со стоном вцепилась в виски.

– Приходи к нам, – попросила она, не открывая глаз, – нас сегодня ночью будут зачищать. Слышишь?

Я прислушался и уловил разлитое в воздухе слабое электрическое гудение.

– Это Дворец, – сказала Эба. – Распределяет «Королей» по секторам Отстойников.

Мне стало интересно. Это походило на задачки Квоттербека.

– Сколько вас там?

– Пятьдесят... шестьдесят.

– Чем вооружены?

Она медленно пожала плечами.

– Специализация групп?

Эба как-то странно посмотрела на меня. То ли снисходительно, то ли с жалостью.

– Мы там... женщины и дети.

Дети – это те самые крошечные комочки, как в руках у первой Эбы?

– Разбегитесь по городу на время зачисток, – сказал я.

Эта задачка не по зубам даже Квоттербеку. «Короли», объяснил мне Журов, – это карательные машины, наделенные высокоразвитым интеллектом и закованные в броню с ног до головы.

Эбы и их малыши в количестве пятидесяти штук – живой корм для такой техники.

Я шагнул в сторону, и тут рыжую Эбу прорвало. Им нельзя выйти оттуда – здесь на большинство из них выдают еще талоны, здесь прятаться негде, здесь их бьют и убивают просто так, даже без талонов, а там можно спрятаться, в прошлый раз спряталось аж десять человек, за месяц пришли новые, только большинство больные, а у несчастной Нарцисс нет ноги – представляешь, «Король» просто перекусил ей ногу! И хотя она красивая... ну, белокурая такая и высокая. Ну, кто как говорит – например, Зера считает, что светлые волосы делают Нарцисс похожей на белую мышь, но все-таки Нарцисс красивая, только без ноги она не может добывать еду. И много кто не может добывать еду. А Зера пошла синими пятнами. Вот так. Получается, если на этот раз никто им не поможет, то убьют всех – и ее, Люку, наверное, тоже. В Отстойниках есть группа мужчин, они тоже сильные, они придумывают план нападения на Дворец, но слишком долго придумывают и поэтому толку от них мало. Охотники туда не ходят, они боятся, что «Короли» примут их за бездельников, охотники поджидают снаружи, и ходить за едой сложно. Одна, Люка, ходит, потому что здоровая.

Я совсем запутался в ее болтовне. Стоял и соображал, кто белая мышь, а кто без ноги, и никак не мог разобраться.

Люка-Эба повозилась и ахнула.

– Ну вот, – печально сказала она. – Чулок порвала.

И с сожалением провела пальцами по белой дорожке на черном круглом колене. Я посмотрел на нее – насквозь мокрая, с рыжими грязными волосами, с которых капало, перемазанным лицом, она озадаченно щипала тонкий чулок, будто от него зависела ее жизнь.

– У Нарцисс возьму, – решила она, – зачем ей два чулка?

И вдруг засмеялась, тихонько, но весело. Я отвернулся.

– Приходи, – в спину мне еле различимо сказала Люка-Эба. – Мы живем в южной части, за двумя цистернами.

Я пошел в противоположную сторону, обыскивать башни. Не отпускало ощущение, что крадется кто-то сзади – немощной суховатой тенью, но обнаружить реальной слежки я не смог и быстро переключился. Набрасывая на лицо шилдкавер, рассмотрел их внутреннюю конструкцию – они смахивали на пустые бутылки, в которые кто-то накидал тонких палочек. Остатки разрушенных лестниц в большинстве случаев никуда не вели, редкие площадки размещались вдоль стен без видимой опоры. Каждая башня венчалась остроконечной крышей. Шлем показывал глубокую нишу под каждой из крыш. В трех из пяти башен пролезть в них было невозможно, в остальных пунктиром виднелась какая-то лесенка.

Места для активной обороны лучше не придумаешь. Лайнмен, сидя под самой крышей, может отбиться от целой армии.

Но я не армия, я Раннинг. Из оружия у меня лишь жалкий «Щелчок», из умений – скорость и маневренность.

Я еще несколько минут помялся внизу, а потом попер вперед, злобный в своем отчаянии. Башня так башня, Лайнмен так Лайнмен. Буду действовать по обстоятельствам.

В таком суицидальном настроении я шел к башням, старательно укрываясь черными ночными тенями под стенами домов. Сзади что-то мерно грохало, отдаваясь эхом. Я решил переждать – мало ли что это? «Это» вырулило из переулка и оказалось двухлапой машиной с низко наклоненным корпусом с черным трехлистником на желтом поле. Колпака-кабины у машины не было. Вместо него она ворочала всем корпусом, посаженным на гибкую трубку – прародитель «дьявольского корня». Вооружение составляли два дула среднего калибра, почерневшие и обугленные. Под ними болтались длинные тусклые лезвия, сложенные веером. На лапах машина держалась уверенно, цепко, но хорошую скорость ей развить не удалось бы. Несло от нее той самой черной липкой жижей, с океана которой все и началось.

Я не дышал и не шевелился, но «Король», а судя по описаниям, это был он, безошибочно попер в мою сторону и остановился рядом, опустив стволы и предварительно убрав подальше остро отточенные лезвия.

На драку он не нарывался. Мигал огоньками корпуса и словно рассматривал, хотя ничего похожего на камеры я у него не наблюдал.

Медленно поднятой рукой я проверил его реакцию – ничего. Даже цвет индикаторов не сменился.

Шевельнулся «Король» только тогда, когда я решил продолжить свое восхождение. Он меланхолично развернулся и перегородил мне путь.

– Кыш, – сказал я и показал ему в сторону.

Он пожужжал корпусом.

– Кыш! Иди отсюда... Аттам тебя упакуй...

Вместо ответа «Король» вдруг вспыхнул предупредительным алым и резво вскинул стволы, в дула каждого из которых спокойно пролезла бы моя голова.

– Вы находитесь в зараженной зоне, – сообщил «Король» голосом зажеванной магнитофонной пленки.

И тогда я разглядел, что он в общем-то страшен. Многотонная человекоподобная машина без признаков плоти, не ощущающая боли и напичканная директивами, не подлежащими обсуждению.

– Покиньте запрещенную зону, – прошелестел «Король» и в подтверждение приказу ощетинился целым пучком полуметровых ножей.

Чем плоха чистая механика – никакой гибкости мышления, и даже Квоттербек со своим портативным «Аттамом» не смог бы переубедить «Короля», решившего, что совершается нарушение.

Я не стал спорить. С высоко поднятыми руками двинулся в ближайший переулок. «Король» пошел следом, выжимая меня подальше от башен. Успокоился он только тогда, когда мы снова оказались во дворе с двумя арками.

Там для убедительности «Король» еще повертел клинками, потом собрал их в веер, опустил оружие и заковылял прочь, шибая гулким эхом в мокрые стены.

Зеленая звезда светлела и заваливалась к горизонту. Алые окна погасли. Я подумал немного, оценил способности «Короля» и посмотрел на карту, выданную мне Журовым. Вот они, две цистерны... Наверное, резервуары для реактивов. Если это действительно те резервуары, о которых я думаю, то у них есть интересная особенность...

Я обдумывал свою идею несколько минут. Для окончательного решения нужно было осмотреть сами цистерны, и ясно было, что если я сунусь туда и мои надежды не оправдаются, то все – я в гибельном эпицентре и неизвестно, удастся ли унести ноги.

Безрассудно, но меня жаром обдало при мысли, что я могу решить задачку, посильную лишь для опытного Квоттербека.

Главное – успеть вовремя.

Мои мотивации далеки от того, что вы называете человечностью. Поэтому мы не считаемся людьми?

Вынесенные за город районы оказались разрушены полностью. Стояли пустые короба каких-то складов, из черных окон лезла дранка и рыжая легкая вата. Улиц здесь не было. Вместо них топорщились разрывами стальные полосы рельсов. Кое-где, накреняясь, стояли вагонетки с грубо намалеванными номерами. Толстые витки кабелей ползли за углы и обрушивались в глубокие квадратные проемы шахт.

Возле одной из них я спугнул стаю крыс, обгладывающих что-то сладко-гнилостное, кусками.

Отстойники не охранялись. Я приметил у самых ворот две сторожевые башенки и ожидал найти там блокпост, но башенки оказались пусты. Судя по карте, другого пути в эти районы не было, и неразумность обитателей Отстойников меня удивила – в конце концов, они хотят жить или прятаться?

Цистерны высились невдалеке. Ребристые, с гигантскими белыми цифрами на боках, они блестели тускло и маслянисто. Вместимость их поражала воображение – казалось, весь океан черной жижи уместился бы в каждой – а их было две. Опутаны цистерны были легкими металлическими лесенками, на проржавевших тросах висели открытые клети лифтов.

Только здесь меня наконец отпустило ощущение, что позади прилепился безмолвный торопливый наблюдатель. Если он действительно существовал, то попросту отвалился во время спринта по городу.

Мое внимание начало дробиться, мерзко раздваиваться и расслаиваться. Словно я пытался удержать в руках зыбкий мираж. Никто из нас не был рассчитан на одновременное выполнение массы задач, возможное только при прохождении командой, – даже Квоттербек. Я винил себя за промашки, глупости и неорганизованность, но поделать ничего не мог. Больше всего мне хотелось рвануть из города прочь и закопаться в какую-нибудь нору в ожидании, пока Квоттербек решит все наши проблемы и притащит Солнце.

Только чувство вины за произошедшее не давало мне так поступить.

По Отстойникам я слонялся минут сорок. Главное – забрался на бетонную перемычку, разделявшую обе цистерны, и рассмотрел ее внимательно. В перемычку через равные промежутки были вделаны кольца неизмеримого диаметра, а сквозь них продеты цепи, другим концом вкрученные в бока самих резервуаров.

Ширина перемычки составляла метра полтора – «Король» пролезет только боком, но я не был уверен, что у них есть такая шаговая функция.

Перемычка упиралась в некогда подвижную платформу, сейчас накрепко приваренную к стене. Один удачный выстрел – и ее сбросит вниз, на свалку арматуры и ржавых баков все с тем же трехлистником на боках.

Пока я ползал с исследованиями, с каждой минутой убеждаясь в провальности первоначальной идеи, меня взяли на прицел. Почувствовал затылком, а потом услышал, как щелкнул затвор. Позади, вся в пыли, стояла рослая Эба, облитая черным кожаным комбинезоном. Она-то и держала направленный на меня огнестрел, судя по виду которого, способный прикончить только утку.

Эта Эба не была похожа на остальных – лицо у нее было скуластое, губы крупные, а подбородок прямой. Волосы короткие и тоже черные, топорщились ежиком. Вся она почему-то очень смахивала на Тайтэнда, верно потому, что смотрела зло и презрительно.

– Выворачивай карманы, – приказала она. – Медленно. Присел... аккуратно.

– У вас много такого? – спросил я, кивая на ее оружие.

Бояться мне было нечего, я точно знал, что сильнее ее.

В ответ она сделала вид, что вот-вот выстрелит, но не выстрелила. Электрическое гудение наполняло воздух плотным кольцом, Дворец или как его там, гнал сюда «Королей», и на звук выстрела они сбежались бы как миленькие.

– Не двигаться, – сказала она, хотя я уже шел ей навстречу.

– Да подожди ты...

Я вынул огнестрел из ее безропотных рук. Это оказалась винтовка, стреляющая одиночными.

Она отдала мне оружие, подумала немного и вцепилась. Несколько секунд мы стояли неподвижно – она тянула меня в сторону, намереваясь сбросить, я сопротивлялся, и потому со стороны казалось, наверное, что Эба просто держится за мою куртку, а я позволяю ей держаться.

В итоге Эба подпрыгнула на месте, как белка, обхватила меня руками и ногами и повисла. Такого я не ожидал, весу в ней было килограммов на пятнадцать больше, чем во мне, а еще сбоку болталась винтовка, заняв единственную свободную руку, – левой я пытался еще балансировать, но через пару секунд ударился виском о шершавый бетон и обнаружил, что вместе с вцепившейся Эбой мы катимся к краю.

Она тяжело дышала мне куда-то в шею, но держалась крепко – как полип.

– За кем пришел? – прошипела она. – Где талон?!

Если бы у меня не было талона, все было бы намного проще, но у меня было аж три – мои собственные и тот, который я выловил из мутных дождевых потоков у ангара Журова.

– Вам надо рассредоточиться, – прохрипел я, мучаясь от того, что не могу дать ей в лоб и скинуть вниз. – Нельзя прятаться всем вместе – они наверняка прутся на тепло...

– Не твое дело! – тоже хриплым шепотом ответила Эба. – Отдай талон.

Электрический гул сбивал наши голоса, гасил вибрации связок.

– На башни у входа надо ставить сигнальные ракетницы, Аттам тебя упакуй! Да хоть лески протянуть... Вы жить вообще хотите или так, наслаждаетесь?

– Пошел к черту, – очень убедительно сказала Эба и вдруг расцепила руки и откатилась.

Некоторое время мы лежали рядом. Она – тяжело дыша, я – потирая онемевшее запястье.

– Нет у нас ракетниц, – сказала она и повернула голову.

Глаза у нее были вишневые.

– А что есть?

– А тебе зачем?

– Просто так, – хмуро отозвался я. – Меня Люка попросила.

– А, – коротко сказала она. – Эта шлюха.

Я не удержался и спросил.

Эба посмотрела с удивлением, но каким-то усталым.

– Она тебя любит, ты ей шоколад. Понял?

Квоттербек объяснял не лучше.

– Так ты что, – начала Эба, поднимаясь, – супергерой?

– Я Раннинг, – ответил я. – Игрок команды Солнца.

– Ну вот, жить тебе, Раннинг… – она посмотрела на блестящий браслетик, – осталось около часа. Как и всем нам.

Я и сам уже подозревал нечто подобное. Перемычка была хороша – узкая и ненадежная, но от идеи заманить сюда отряд многотонных машин я отказался – вряд ли они полезут наверх, даже если их будет заманивать целая толпа Эб.

Мне оставалось только примкнуть к тем, кого Журов назвал обезумевшими крысами, залезть в какую-нибудь нору и молиться Аттаму.

Мы спустились вниз, на свалку. Пахло мерзостно – химическими отходами и чем-то давно протухшим. Эба шла позади, видимо не доверяя, и тихонько мерно дышала.

– Вы все кучей? – спросил я.

– Да... в бункере... стой!

Я остановился в нескольких сантиметрах от зеленоватой густой лужи.

Нехорошо улыбаясь, Эба подошла к луже и показательно окунула туда металлический прут, подобранный неподалеку. Прут съежился и потек.

– Вот так и живем.

– Это залито в бочки?

– Да, – она отшвырнула прут, ставший короче ровно вполовину. Он плюхнулся сбоку и продолжил таять, шипя и плюясь светящейся пеной.

– Значит...

– Там внутри защитное покрытие, – пояснила Эба. – Но бочки старые, то и дело лопаются. Целых все меньше, а когда они все лопнут, настанет конец света... Так Марта говорит. Она немного того.

Над кладбищем апокалиптических бочонков нависла перемычка. Я обернулся – узкий проход между чередой складов...

– В цистернах то же самое?

– Да. Остатки.

– Вот что, Эба...

– Зера.

– Зера. Всех ваших оповести – пусть разбегаются по периметру и ищут норы поглубже – поодиночке! Максимум – по двое. А сюда тащи тех, кто рожден по правилу Аттама. Чем быстрее, тем лучше.

– Но...

– Времени на выполнение – пятнадцать минут, – оборвал ее я.

– Аттамы – это кто?

– Это как я.

На большее меня не хватило.

Она дернула было рукой, но потом развернулась и побежала – ровно и довольно-таки быстро. Я даже засмотрелся.

Через чертовы лужи пришлось пробираться самыми немыслимыми способами – рыхлая обожженная почва осыпалась, как пепел.

Бочонки и впрямь были ветхие и липли к рукам. Я выбрал несколько поближе и собрал их в одну кучу, опасливо двигая их ботинком, благо сил на это у меня хватало. Внутри мерзко булькало и шипело. Вытолкнув парочку к самому краю, туда, где луж уже не было, я выпрямился и увидел, что под перемычку поспешает довольно бестолковая толпа. Это был отряд оппозиции, мечтающий свергнуть Дворец. Я рассмотрел несколько совсем молодых ребят, не старше меня, и несколько совершенно дряхлых особей, вооруженных арматурой и огромными пистолетами. Основная масса, правда, была вполне боеспособной – рослые, хоть и исхудалые, заросшие бородами, как мехом.

Все они что-то горланили и бубнили, и я остановил их жестом.

– Двое со мной. Бочонки лучше катить так... – Я показал. – Остальные – выбирайте себе по одному и тащите наверх.

Оппозиция помолчала несколько секунд, потом зашумела, и из центра вылез кто-то в полосатой рубашке и кожаной обтрепанной шляпе.

По сложению он был похож на Квоттербека – прямой и плечистый, а лицом – на какую-то нелепую заготовку, которой не хватило раствора. Весь он был в каких-то ямах и продолговатых рытвинах, словно голову его когда-то давно взяли и пожевали.

– Тихо, пацан, – успокаивающе сказал он. – На тебя больше никто не охотится. Все в порядке. Все... все, остынь.

Толпа разочарованно зашумела. Не знаю, что они тут ожидали увидеть, но увидели явно не то. Руки их с оружием медленно опускались, на бочонки никто не смотрел, а на меня смотрели с равнодушием и еле различимой жалостью.

Приехали. Я при всем желании не смог бы прикрыть их в одиночку.

– Пойдем. Спрячем тебя... выпьешь.

Его голос был еле различим. Напряжение наэлектризованного воздуха било по ушам. На экране шилдкавера показались опасно красные цели. Шлем старательно брал их в таргет – трое «Королей», – выбирая тех, кто, по его мнению, был наиболее уязвим.

Бедолага, мельком подумал я, ему невдомек, что нет никого, кто бил бы прицельно по его наводке...

Я растерялся. Не было во мне спокойной уверенности Квоттербека, его умения вести за собой. Маленький, легкий Раннинг девяти месяцев от роду для этих заросших «оппонентов» – пацан.

Не знаю, чем закончилось бы дело, если бы не Зера. Она решительно протолкнулась сквозь толпу, поставила ботинок на рифленый бок бочонка и подтолкнула его.

– Давайте! А то сдохнем тут все...

Вслед за ней появились остальные Эбы – хрупкие, тощие, со спутанными волосами. По рыжей копне я опознал Люку, она подмигнула мне и тоже уцепилась за бочонок.

Было ясно, что кому-то из тех, кто поволок бочонки на перемычку, сожрет руки выплеснувшейся из прогнившей обшивки кислотой.

Руки – не ноги, подумал я тогда...

– Мы выльем это у них на пути? – полюбопытствовала Зера.

– Нет. Скинем сверху. Ты охлаждаться умеешь?

– Что?

– Охлаждаться. Понижать температуру своего тела.

Она остановилась.

– Ты имеешь в виду – умею ли я дохнуть по собственной воле?

– Нет, – немного обескураженно отозвался я. – Я не это имел в виду.

– Нормальные люди такого не умеют, – заверила меня Зера. – Спроси кого угодно.

Это была Эба, вовремя вспомнил я. Слабое существо, предназначенное для выполнения самых легких работ. Вряд ли кто-то наделил ее хоть одним полезным умением.

В доказательство моих размышлений Зера-Эба споткнулась и кубарем перелетела через торчащий из земли провод.

Хорошо, что хоть на бочонок не напоролась.

Электрический гул вдруг оборвался – словно я оглох или меня окунули в воду.

Я отвлекся. Вам интересно не это – вам интересно то, как работала сама Кремань, каким ресурсом обладала земля, превращенная в полигон для скучной игры на выживание. Скоро дойдем и до этого – ничего особенного на самом деле. Просто легенда.

Несколько человек погибли сразу – втаскивая бочки на перемычку. Их дымящиеся тела концами длинных металлических прутов отправили в ближайшую лужу. В одной из них я с непонятным злобным чувством увидел ярко-рыжий клок волос.

Зараженные той же злобой люди разместились наверху и сидели там, передавая друг другу мятые фляги. Глоток из этой фляги достался и мне – я чуть не подавился вонючим жгучим пойлом, но оно здорово согрело изнутри.

«Короли» перли напрямик, поначалу не размениваясь на мелочи – я не слышал выстрелов у ворот. Видимо, их зачистки носили стихийный характер – просто снижали поголовье неугодных элементов.

Длинные лучи фонарей чертили разбитые переулки. Ночь длилась долго, будто на заказ. У меня на обратной стороне воротничка жутко нагрелся датчик Журова – словно маленькое Солнце.

Солнце. Я все еще в него верил.

С перемычки я канул в темноту, кинулся навстречу «Королям» и вскоре оказался в зоне их обзора – прямо перед черно-желтыми корпусами. Шпарило от них горячим воздухом и запахом машинного масла. Неуклюжие, они качнулись и, быстро перемигнувшись огнями, поползли куда-то вбок.

Это было из рук вон плохо – я надеялся вывести их нужным мне маршрутом, но чертова механика почему-то не обратила на меня ни малейшего внимания и принялась опасливо обходить, словно не безоружный Раннинг попался им на пути, а Лайнмен с «Иглой» на плече.

Они дружно затопали прочь, и пришлось стрелять – «Щелчок» дернулся в руке и легковесной пулей выбил синие искры из покатого корпуса последнего «Короля».

Эх, мне бы «Иглу»...

– Сюда! – заорал я, откидывая бесполезный разряженный «Щелчок». – Сюда идите!

Мелькнуло в переулке последнее желто-черное пятно. Ушли. Куда, Аттам их побери, они поперлись?

Высоко в небе мелькнула и рассыпалась синими огнями сигнальная ракетница. Точно такая же, как наши, – не отличить. Откуда она взялась, я уже не думал. Мне пришлось бежать следом – глупее не придумаешь. Не «Короли» бегают за мной, а я за ними.

Из переулка я вылетел на предельной скорости и чуть не ввалился в зеленую лужу. Отряд разделился – один направился к цистернам, а остальные пошлепали тралить подвалы, в которых, как я знал, прятались самые беспомощные.

Они останавливались только лишь для того, чтобы разогреть тяжелое навесное оружие – набирался в дула пульсирующий желтоватый свет и вырывался с грохотом, от которого рушились ветхие стены складов. В воздух медленно поднимались куски рифленого покрытия и осколки кирпичей – ползли, поднятые белой вспышкой, угольно-черные по силуэту, а потом обрушивались вниз, выбивая из земли комья грязи и капли кислоты.

Если бы не шлем, я бы оглох, но он предусмотрительно переключился на режим сбережения слуха и пропускал лишь необходимый минимум звука. Эту функцию Квоттербек вписал в него при последней починке...

Я тогда закрыл глаза и представил его лицо. Тогда мне приходилось представлять, а теперь оно всплывает само собой.

По-моему, я стал нытиком. Сколько мне сейчас лет? Около трехсот? Старость, черт. Нет, правда, старость.

Я закрыл глаза и увидел лицо Квоттербека. Черные глаза с матовыми зрачками смотрели снисходительно, с привычным теплым огоньком – так смотрят на тех, кого с интересом опекают, но не на равных.

– Аттам, – вслух сказал я, открыв глаза и увидев, как вместе с обломками и осколками подкинуло в воздух чье-то алое, с длинной мокрой бахромой тело, вывернутое взрывом из подвала.

За ушедшую к цистернам машину я не беспокоился – у моих «крыс» должно было хватить реакции и ума, чтобы вовремя спихнуть вниз свое химическое оружие. Я предусмотрительно запихнул «крыс» повыше – так, чтобы «Короли» не могли палить без опасения влепить снаряд в резервуар с тысячами тонн кислоты.

Там «крысы» и сидели, держась за свои драгоценные бочонки.

Мысленно пожелав им удачи, я, пригнувшись, ринулся за уходящей в предрассветный зыбкий туман оставшейся шестеркой.

Жар стоял нестерпимый, гул, наверное, тоже. Под прикрытием грохота и грязевого дождя я забрался на ближайший невысокий ангар и без труда обогнал головного «Короля», только раз замешкавшись – увидел под ногами нацарапанные на рифленом железе имена, крупно и старательно выведенные. Наверное, в то время, когда те, кому имена принадлежали, занимались увековечиванием, дела тут обстояли получше.

План был прост – нагло спрыгнуть заправиле на голову, может, успеть царапнуть ножом и все-таки заставить их идти за мной, даже если по пути для приманки придется раскидывать им куски собственного мяса.

Нет, правда, я был готов на все. Вы не представляете, что такое чувствовать, что обязан кого-то защищать… Сам взялся. И дело было уже не просто в Квоттербеке. Или все-таки в нем? В нем – в его ответственности за других.

Я свалился на «Короля», стараясь не напороться на вскинутые лезвия. Вместо них я напоролся на раскаленный навесной ствол и чуть не лишился сознания от боли, но стиснул зубы и подтянулся повыше. Лезвие ножа бодро взвизгнуло по корпусу, но не оставило даже царапины. Корпус с жужжанием повернулся и замер. Я ожидал чего угодно, но не ступора. Машина соображала медленно, грохот взрывов утих. Они деловито перемигивались огоньками и топтались на месте, разминая то одну, то другую трехпалую лапу.

– За мной, – сказал я, надеясь, что буду услышан. – Сюда.

И спрыгнул вниз, все еще не веря в происходящее.

– Сюда.

Они нерешительно, но двинулись. Я шел спиной вперед, внимательно следя за тремя показателями – маршрутом, поведением «Королей» и наличием кислотных луж.

Этих сначала не было вовсе, но ближе к перемычке земля принялась липнуть и скользить, а после появились и лужи.

Я старательно обходил их, за мной так же осторожно шлепали шесть махин, утопающих в почве почти по колено. Стояла мертвая тишина, лишь изредка жужжали проворачивающиеся механизмы. Мне потом сказали – зрелище было то еще. Хрупкий человечек и двое бронированных убийц, словно привязанные к нему на невидимую веревочку.

Сердце чуть ребра не выломало. Я ничего не понимал, но понимать было некогда.

И тут не выдержали мои «крысы». Оказывается, к тому моменту они ухлопали «Короля», сожгли ему лапы, и он валялся на боку, размахивая чем ни попадя, проваливаясь то в одну, то в другую лужу. Эта победа так воодушевила, что об осторожности никто уже не думал – а обо мне тем более. Мы не успели войти под заветную черту – посыпались бочки, лопаясь внизу, как спелые сливы. Острый запах кислоты на несколько секунд дезориентировал меня полностью, и «Короли» очнулись. По ним лишь слегка брызнуло веером, расплавив обшивку, и сразу же вверх задрались дула. Стрелять они не собирались. Они приготовились ждать.

Один, повертевшись на месте, принял какое-то решение и ушел в темноту, лязгая на ходу повисшими ножами.

Эра моего правления закончилась, и я еле успел забраться наверх.

– Дальше что? – хмуро спросил меня кто-то.

Глупо было обсуждать сделанные ошибки. Я промолчал.

С ненадежной перемычки мы ушли на приваренную к стене платформу, которую я заприметил еще ночью – сейчас разгоралось чистое, умытое утро. Нарядное синее небо стелилось над чудовищными цистернами, разгромленными складами и мусорными кучами.

– Все дети остались там, севернее, – шепотом сказала мне Зера. – Они прошлись южнее.

Она выглядела уставшей, но не подавала признаков паники – в остальном же кто стонал, кто всхлипывал, кто хрипло ругался...

– Откуда здесь дети? – спросил я, чтобы спросить что-нибудь.

Меня больше волновал «Король», невозмутимо бродивший внизу.

– Откуда и всегда, – ответила Зера. – Здесь же люди все-таки живут.

В одном я не ошибся – шаговый ход «Королей» не позволяет им перемещаться боком...

– Выпей, – Зера-Эба протянула мне фляжку. Я сделал несколько глотков, вспомнив попутно, как из-за протянутой Эбой еды мне пришлось стоять в поле, засунув два пальца в рот. Теперь на все это было наплевать.

Снова стало тепло внутри, да и вкус уже не казался таким мерзким.

– Вот станешь постарше, – проговорила Зера, – будут у тебя свои дети, и перестанешь задавать глупые вопросы.

Я посмотрел на нее. Черный ежик коротких волос топорщился во все стороны, мокрый и блестящий. Губы у нее были сухие и растрескавшиеся в кровь, ресницы длинные и прямые, как стрелки. Глаза выпуклые, влажные. Она вся была крупной и выглядела терпеливой, сильной.

– Терри хочет, чтобы ты показал свои талоны, – помолчав, сказала она. – Мы должны убедиться, что здесь тебе не на кого охотиться.

Я порылся в карманах и показал ей белые плотные карточки. На Лайнмена она посмотрела вскользь, на Квоттербека – с интересом.

– Красивый.

Я поднялся и обошел платформу, пробираясь через стонущих Эб и угрюмых борцов с режимом. Один из них сидел, выставив вперед влажную алую руку. Пальцев на руке не осталось, и сидел он оторопело, разглядывая круглый мясной комочек обожженной ладони.

Интересовали меня крепления платформы – заманчива была идея раскачать ее и сбросить вниз, на «Королей»... За стеной что-то сыто булькало.

– Повтори-ка свой фокус и выведи их теперь отсюда, – сказал вдруг тот, с обожженной рукой. Я присмотрелся – это был человек с изжеванным лицом. На нем теперь не было шляпы, и выглядывала розовая обширная лысина.

Прямо над ней сияло восходящее умытое солнце. Воздух стремительно теплел.

– Прыгай, малец, иначе скину тебя сам к чертовой матери! – И он поднялся, все еще выставляя вперед беспалую культю.

– Терри, – негромко позвала Зера, отвлекаясь от плачущей женщины.

– Что? – огрызнулся он и заиграл всеми выемками и рытвинами бескровного лица. – Пусть учится за свои дела отвечать... Его кто сюда просил? Его кто сюда хотел? Он кому тут сдался? Пересидели бы... как раньше. А теперь – вот!

И он ткнул мне в лицо мокрой и кровью пахнущей культей.

– Вот! – И показал вниз, на пламенеющие еще развалины.

– Нас здесь двадцать пять, – сказала Зера. – А не пять и не десять, как обычно...

– А это что? – надсаживаясь, прокричал Терри.

Теперь он казался мне совсем стариком.

– Это что? – И сплюнул на черно-желтый корпус «Короля», который торчал прямо под платформой. – Да в этот раз не останется никого...

– Пессимист, – сказала Зера, отворачиваясь.

Ее мнение осталось в меньшинстве. Люди загалдели, поднимаясь медленно и неуверенно, словно водоросли. Мелькнуло чье-то злое узкое лицо, затем – круглое Эбино с бугристой ямой на месте глаза и еще кто-то... кого я уже не запомнил.

– Хватит! – закричала Зера, хватая их за руки. – Да что ж вы...

Я ничего не мог сделать. Иерархия управления устанавливается специализацией и силой – специализацией здесь и не пахло, а доказывать свою силу – как? По очереди или всем сразу? Драться с Эбами?

Меня неуклонно теснили к краю платформы. Ночная безликая масса обрела резкие злобные черты.

Внизу довольно кудахтал «Король».

– Уводи его отсюда! Ты привел, ты уводи!

И снова она выскочила вовремя, снова пробилась и встала, уперев руки в бедра. Нехорошим, тяжелым взглядом обвела людей.

– Ах вы суки криворукие, – задушевно шепнула она. – Ах вы мрази никчемные.

Ее слушали – молча.

– Да вам бочку с дерьмом доверить нельзя! – заорала Зера в полный сорванный голос. – Да вам мозгов не хватает ее вниз спихнуть! Кто виноват? Раннинг виноват? Ну конечно! Лишь бы не ты! – И ткнула пальцем. – И не ты! – И сжатым кулаком ударила в чье-то плечо.

Я обернулся. Второй «Король» возвращался. И словно по сигналу первый остановился и задрал навесные стволы. Желтый пульсирующий огонек появился в обожженных их глубинах.

И тут до меня дошло, что там булькало за стеной...

– Вниз! Все – вниз!

Оказалось, я тоже орал сорванным хриплым голосом.

Зеру я сгреб в охапку и первым соскользнул с платформы, еле успев выбрать место для приземления. Ударился боком, тяжело и больно, поволок обожженную ногу за собой, по-прежнему держа Зеру-Эбу. Успел посмотреть наверх – больше никто моему примеру не последовал. И тут же нарастающий гул, оказавшись тугим слепящим шаром, ударился в платформу. «Король» пронзительно засвистел.

Рядом шлепнулась беспалая алая рука, вырванная вровень у локтя.

Зера-Эба замычала и забилась в припадке смертельного ужаса. Посыпалась мелкая пыль, и справа углом, расплескивая зеленую кислоту, впился в землю край разрушенной платформы. Следом пронеслась ржавая цепь, чуть не лишив меня головы.

Я лихорадочно искал ямку, хоть пять, хоть десять сантиметров глубиной – лишь бы только нас присыпало землей, лишь бы укрыться хоть как-нибудь...

Виднелись только следы трехпалых лап, а потом показались и сами лапы, а над ними – вихрь вращающихся клинков с капающим черным жирным маслом.

Эбу я опрокинул под себя и улегся сверху, надеясь, что «Король» не станет разгребать трупы и не доберется до нее под моим телом.

Мысленно я считал секунды – правильно считал, с перерывами. Долгая пятисекундная жизнь – уже хорошо. Солнце окончательно взошло и теперь висело упругим тяжеловесным шаром на пронзительносинем небе. Если хватит времени – запомню расположение облаков. Маршрут все-таки... В Тревожную Смерть.

В Тревожную Смерть канул «Король». Затрясся, а потом лопнул изнутри, раскрывшись, как диковинный желто-черный цветок с сердцевиной из тлеющих проводов.

Он рухнул вбок, подтянув слабеющий щуп, а за ним медленно поднимался с колена, снимая «Иглу» с плеча, Лайнмен, спокойный и деловитый, как всегда.

– Лайн! – заорал я, отплевываясь от земли. – Лайн! Стреляй! Цистерна пуста, эти сволочи из нее все куда-то слили!..

Он кивнул мне, перешагнул и снова опустился на одно колено, вскидывая «Иглу» на плечо. Второго «Короля» подвела медлительность – пока его корпус с жужжанием проворачивался, умница «Игла», разогретая первым выстрелом, уже ударила вторым, раскидав горящие и тлеющие железяки поверх наших голов.

– Лайн!

Он обернулся и широко улыбнулся.

– Ты где был...

– В башнях, – ответил Лайн и задумчиво осмотрел «Иглу». – Поцарапали, черти... – с неудовольствием заметил он. – Представляешь, отобрали и повесили на одного из этих... – И он кивнул на груды искрящего металла.

Вот тебе и разница. Безоружный Лайнмен отобрал у «Королей» свое оружие. Безоружный Раннинг валяется в грязи среди горы трупов.

Выше головы не прыгнешь, как ни старайся, подумал я тогда. Итогом этого неорганизованного и глупого выпада безоружного Раннинга оказалась гора трупов и чувство, от которого я не избавился до сих пор, – вины.

Не важно, верят ли тебе люди или ненавидят тебя, если взялся – держи их и не выпускай. Нельзя бояться тех, за кого в ответе.

Смените фазу.

Священные Служители...

Глава 6

Когда движение в «Ат-Таме» замерло и большие затуманенные глаза Раннинга закрылись, а голова опустилась, показав сероватые ткани мозга под снятым куполом черепа, задвигалась прежде неподвижная лаборатория. Выносили записывающие устройства – передать на лингвистический и прочие анализы, меняли растворы в системе жизнеобеспечения, настраивали лампы и сцеживали из колбы отработанную жидкость, тут же заменяя свежими реактивами.

Держать Раннинга такой старой серии было сложно – его тело требовало изысков, каких теперь и в музеях не всегда найдешь. Ради поддержания его жизни выкапывали из давно опечатанных бункеров первые образцы химических составов, а из давно списанных «Прыгунов» – биотическую лимфу и кровь. Эти скудные запасы стремительно таяли, но и рассказ Раннинга подходил к концу.

Андрею заниматься в зашевелившейся лаборатории было особо нечем. Он просто сохранил данные электрокардиограммы и энцефалограммы в легковесный файл в памяти общего компьютера и подошел к колбе поближе – рассмотреть повнимательнее.

С ума пусть сходят другие – озадаченный упомянутыми велициевыми сонмами биофизик Фред, куратор расследования биоинженер Анечка, убитая новостью о том, что Игроки создали себе религию, взяв за основу названия оборудования...

Андрею не из-за чего было сходить с ума. Он просто следил за тем, чтобы сердце Раннинга не остановилось прежде времени.

– Бедный, – сказала Анечка, тоже подходя к колбе и глядя вверх, на осунувшееся бледное лицо Раннинга. – Зачем его ампутировали? Коновалы...

– Молчал, наверное, – предположил Андрей. – Он и сейчас молчит, по сути-то... Из его рассказа мало что выжмешь.

– Выжмем, – пообещал длинный тощий лингвист, имени которого никто не знал. – Повторяющиеся структуры... Наверняка он держит код в памяти, и это где-нибудь да вылезет наружу.

– Быстрее бы, – вздохнула Анечка, нервно щипая рукава своего белого халатика. – Мучается же. Слава Аттаму, они сейчас совершенно другие, – она подмигнула Андрею. – Правильно переняла?

– Да, – ответил Андрей, думая о другом.

Раннинг, изуродованный, запакованный в эту раритетную колбу, маленький, почти безжизненный Раннинг хранил свою тайну упорно, как хранил ее три сотни лет назад. Он был непобедим – и Андрей чувствовал, что время просто утекает сквозь пальцы и никогда никому не добраться до последней во Вселенной колонии тетракла, не изучить таинственную землю Кремани, не распотрошить месторождения драгоценных камней в устье Желтой реки, где обитал брошенный «Добрый»... Пять миров захлопнул Раннинг, пять полных ресурсов миров закрыты на ключ его непробиваемым упорством.

С ним возились еще после закрытия памятного сезона на поле Последней Анестезии, за неимением лучшего пытали и кромсали так и сяк... А потом просто засунули на полку, потому что – бесполезно...

– Интересно, что ему снится? – спросила Анечка, заметив судорожное подергивание опущенных рук.

– Наверное, он снова бегает, – ответил Андрей и отошел от колбы.

Пройдя дезинфекцию в синем отсеке, он миновал длинные коридоры, посторонившись раз, когда мимо прошествовала колонна новой серии Лайнменов – сосредоточенных, тяжелых из-за впаянного в живую плоть навесного оборудования и совершенно безучастных из-за особой структуры изрядно подправленного мозга.

За Лайнменами семенил куратор, на ходу что-то черкая по световому экрану блокнота.

На улице было непривычно тепло. Андрей закатал рукава летнего свитера и купил стаканчик ванильного мороженого у катящей мимо круглой тележки. У входа в тенистый парк, выращенный пару дней назад, он купил еще и газету – хотя и знал наверняка, что ничего нового в ней не окажется.

Так и было – прежние истерики на тему истощения интеллектуального ресурса и почему правительство до сих пор не открыло тайну месторождения последней колонии тетракла. Слышали звон, называется. Месторождение им подавай.

Раз такие умные – идите и сами пытайте этого несчастного Раннинга...

Андрей поморщился. От мороженого заныли зубы. Потрогав языком их гладкую поверхность, подумал – к врачу бы... И тут вспомнил, что сам врач.

Как врач Андрей понимал, что Раннинг и не человек-то, по большому счету. Да, боль чувствует, но боль чувствуют и полные биоты: электричеством пробьешь – корчатся, стонут. Но это ничего не значит, просто реакция живой плоти, никак с человечностью не связанная.

Костюченко вскинулся, тарабанит доклад на тему психологических особенностей Игроков того поколения. Воодушевился. Нужно его остановить, пока не поздно, не дай бог, общественность прознает... Не дай Аттам.

Растаявшее липкое мороженое Андрей выбросил. Все равно никакого вкуса, только боль.

Добыть бы Квоттербека той серии... Неужели нигде в запасниках не сохранились? Вдруг ему бы рассказал?

Да нет... не расскажет. Он своего Квоттербека отличит от сотни других – это точно. Подлог тут не сработает.

Не я должен об этом заботиться, подумал Андрей, поднимаясь с шелковистой травы, покрывающей пологий склон. Пусть лингвисты копаются. Мое дело – мозг. Последняя возможность – вдруг сумеем расшифровать память клеток?

При мысли о том, что придется выдвигать из распиленного черепа Раннинга мокрые от раствора полушария, снова заныли зубы.

Андрей, сказал себе он, хватит. О работе нужно думать на работе.

Он попытался думать о другом. Бродил по улицам, отмечая каждую складку дорожного покрытия, поднимал голову и щурился на солнце, и дошло до того, что к вечеру ощущал себя Раннингом.

Перед закатом он завернул в крошечный тропический бар и выпил бокал холодного белого вина, разложив перед собой пластинку «Линии». «Линия», повинуясь запросам, услужливо выбрасывала на экран старые фото. Вот знаменитый «Прыгун», одна из самых серьезных боевых машин того времени. Человек, стоящий рядом, не доходит «Прыгуну» даже до коленного сгиба. Вот «Добрый» – увалень-спасатель, а рядом – короб с оборудованием. Одеяло, сигнальные ракетницы, аптечка...

Это – свалка старых машин. Скинули, как всегда, на поля, населенные примитивными формами жизни.

Тетракл. Словно торчмя поставленный патрон. Как его описывал Раннинг? Черенки...

Тонны три тетракла – и цивилизация выйдет на новый виток, снабженная новыми идеями и смелыми теориями. Не будет тетракла – все угаснет. У человеческого мозга есть предел изобретательности, и он достигнут.

А это – Монастырщина. Сюда сбрасывали бракованных Игроков. Тогда они еще годились на донорство органов. Сейчас не актуально, да и брака уже давно не появлялось.

Бордели. Черная страничка в истории науки. Сфабрикованные в колбах «Э-ба» красотки, глупые и готовые на все по причине гипертрофированного инстинкта продолжения рода. Стерильные, естественно.

Обратный ход – мужские модели со старательно придушенным половым инстинктом. Чтобы не разбежались по линиям в поисках баб вместо того, чтобы открывать переходы и вешать замки на пройденные миры.

Никто не отслеживал, но, видимо, Игроки с опытом самостоятельно разбирались в межполовых вопросах. Примером может служить Квоттербек Раннинга. Он явно знал все, что положено обычному человеку, просто не ударялся во все тяжкие, контролировал себя, что ли... Интересно... Может, с течением времени их организм избавлялся от заглушек?

Андрей заказал еще вина, попросив не охлаждать.

Протянул пальцами по экрану. Квоттербек именной серии лейтенанта Марка Теннисона.

Андрей выбрал изображение по признаку генетической маркировки, ввел даты и координаты. Ему хотелось увидеть именно того Квоттербека – того самого, а не идентичного с ним Лайнмена или Тайтэнда.

«Линия» выставила около полусотни фотографий, объединив их под общим названием «Квоттербек имени Марка Т.».

Генетический маркер не совпал ни с одним из них.

Андрей добавил информации – «поле Последней Анестезии».

Нет совпадений.

– Да что же ты такое был? – вслух спросил Андрей и всмотрелся в многочисленные копии погибшего в освободительной войне лейтенанта.

Темные глаза в длинных черных ресницах, высокие скулы, губы – белый шрам...

После второго бокала Андрей принялся искать прототип Раннинга и нашел через десять минут поисков – двадцатилетний мальчишка, сын одного из воротил корпорации «Ат-Там». Странная прихоть... наштамповать полсотни копий своего погибшего сына и отправить их умирать. Вот почему фиолетовые волосы – сынок увлекался культурой Айя, отсюда и яркая покраска.

На фото – мальчишеское открытое лицо и улыбка, от которой по обеим сторонам рта – теплые неглубокие ямочки. Глаза лучистые, яркие. Ровная полоска белых зубов, дерзкий ежик коротких волос и кожа цвета топленого молока.

У Раннинга в колбе глаза потемневшие, измученные, и улыбаться его не заставишь, но сходство поразительное.

Наверное, когда-то он все-таки улыбался, с мучительным чувством несоответствия реальности подумал Андрей, отлистал несколько страниц назад и пустил на печать фото – в высоких шнурованных ботинках, с солнечными бликами на ремнях и застежках рюкзака, на фоне волнами замершей высокой травы – лейтенант Марк Теннисон.

Фото он свернул вчетверо и сунул в карман. Странная мысль пришла в голову, но почему бы не проверить?

Для проверки идеи пришлось нарушить фазу сна. В дневное время никто не позволил бы Андрею заниматься подобными вещами, но пропускному пункту он оставил информацию о том, что получил тревожный сигнал о состоянии Раннинга, и пункт ему поверил, доверяясь безупречной репутации врача, хотя полез проверять показания. За время фазы сна обнаружились два грозных падения пульса, и пункт охотно согласился с мыслью, что это опасно. Андрея самого встревожили такие показатели – это был первый переход Раннинга в сон, и он ему явно дорого обходился. Организм стремился незаметно умереть, и неизвестно, что еще держало Раннинга на этом свете.

Полное освещение Андрей задействовать не стал. Включил несколько необходимых ламп, подкрутил подачи драгоценных реактивов, прекрасно осознавая, что этим сокращает и без того короткую жизнь.

Колба засветилась изнутри мягким голубоватым светом. Несколько минут Раннинг просыпался – тревожно и мучительно, в волнах судорог.

Его тело побелело от напряжения, неровно сформированные культи подергивались. Он открыл глаза – поначалу бессознательные, тоже почти белые, но сориентировался быстро и вопросительно наклонил голову, потянув шлейф упакованных в пластик трубок.

– Послушай, – сказал Андрей, не зная, с чего начать. – Послушай... Я врач. Я занимаюсь тобой и твоей историей. Я нашел вот это...

Неловкими пальцами он развернул лист и показал Раннингу.

Тот покачал головой – ослабевшее зрение не позволяло ему рассмотреть изображение сквозь колыхающуюся жидкость и колбу.

Тогда Андрей вывел изображение на гигантский экран монитора, висевший напротив.

Раннинг смотрел на экран с выражением вежливой внимательности, но приборы зафиксировали всю поднявшуюся в нем бурю – страшные изменения, присущие шоковому состоянию.

Андрей положил руку на пульт и незаметным движением добавил несколько кубов успокоительного. Если бы не электронное наблюдение, он никогда бы не догадался о том, насколько важен был для Раннинга этот момент.

– Это не он, – несколько секунд спустя сказал Раннинг.

Его слова старательно продублировались динамиком.

– Я не нашел твоего Квоттербека, – признался Андрей. – А это – вообще прототип той серии. Мне в голову пришла безумная мысль, что, может, прототип сам затесался в ряды Игроков... и потому его нет в картотеке Квоттербеков.

Раннинг медленно отвел взгляд от экрана и задумчиво посмотрел на Андрея.

– Ты подумал, что таким мог быть только настоящий человек?

– Нет, – решительно отказался Андрей. – Я так не думал. Я просто не нашел его в картотеке.

Раннинг все так же задумчиво рассматривал Андрея, и под этим пристальным взглядом Андрей, чувствуя невыносимую жажду, плеснул в стакан ледяной минеральной воды из блестящего крана, выпил и поморщился.

– Зубы, – пояснил он. – Вечно забываю.

Было странно жаловаться на зубную боль полуживой модели со вскрытым черепом и ампутированными ногами, но Андрей почему-то ощущал, что Раннинг воспримет это правильно.

– Игры еще существуют? – спросил Раннинг.

– Не совсем Игры. Соревновательный элемент мы убрали – он стал не нужен. Нынешние ребята сильно от вас отличаются... Им не нужна мотивация. Ты же знаешь, в чем был смысл ваших Матчей?

– Знаю.

– Вам нужна была мотивация. Вашу самостоятельность тогда блокировать не умели. Приходилось направлять ее в нужное русло. Мужскую особь проще всего мотивировать соревнованием, стремлением к победе.

– А теперь?

– Теперь Игроки – по старой памяти все еще Игроки, просто исполнители.

– Сложно, – коротко сказал Раннинг.

Андрей поставил стакан и сказал тоскливо:

– Сложно – не то слово, Раннингбек. Меня до сих пор не отпускает мысль, что зря, зря мы в это все влезли и что в каждой колбе зарыто не свершение, а преступление... Хуже, чем убийство. Намного хуже. Только доказательств никаких нет. И судить некому.

Говорить на эту тему было легко – Андрей признался себе, что легко – потому что не воспринимает Раннинга человеком. Фред, допустим, сразу же прочел отповедь.

Андрей, сказал бы он, не надо софистики. Первым – и основным, заметь! – правилом биоинженерии остается правило: все, что выращено искусственно, не есть человек.

И правило это раз в пятьдесят лет подлежит пересмотру. Пересматривают-пересматривают, но до сих пор не пересмотрели. А ведь в комиссии умы посильнее твоего, Андрей. Так что... не надо.

Раннинг ничего не ответил. Он следил за Андреем глазами и изредка прикусывал обескровленные губы.

– Мы стремились до минимума свести вашу свободу – шаг за шагом... не для нас это было нужно, а для вас. Добились. И что теперь? В соседней лаборатории десять Лайнменов. Подойди к любому, поздоровайся... он смотрит сквозь и через. Приказа нет. На остальное – внимания не обращает. Идеальный результат, да? Но когда я их вижу, мне кажется, что преступление наше разрослось до таких масштабов, что дышать нечем становится...

Он остановился.

– Здравствуй, Раннинг.

– Привет, – сказал Раннинг, следя за ним со странным вниманием.

– Еще хуже, – выговорил Андрей и остановился над пультом, согнув прямые плечи под летним тонким свитером – халат он надеть забыл. – У тебя пульс падает. Стимуляторов добавлю... Где-нибудь болит?

– Нет.

У него болело. Приборы отчетливо показывали очаги боли в медленно разрушающихся органах. Только врожденная способность к регенерации спасала его от быстрого превращения в кисель.

– А у меня вот... зуб.

Больше говорить было не о чем. Андрей еще раз отрегулировал подачу веществ и двинулся к выходу.

– Подожди, – окликнул его Раннинг и глазами показал на экран. – Отключи.

– Да, – согласился Андрей и погасил фото давно почившего лейтенанта.

Домой он не пошел – голова горела и ныли плечи, словно протащил с километр легендарное Солнце. Через километр с Солнцем за плечами я бы сдох, брезгливо подумал Андрей о самом себе.

Он направился в центр города, где разноцветными грибочками расселились по лужайкам маленькие ладные домики. В одном из них жила Анечка, готовая по причине известной симпатии принимать Андрея у себя в любое время дня и ночи.

Она приняла – позевывая и потряхивая блестящими волосами, одетая в тоненькую синтетическую маечку и короткие шорты.

– Какой мне снился сон, – сказала она. – Ни за что не догадаешься... а я не расскажу, за то, что прервал на самом интересном месте.

Андрей сделал вид, что ему безумно интересно, она кокетливо хохотала и сказала, что это слишком личное.

От личного Андрей постарался перейти к частному.

– Аня, ты специалист высокого класса.

– Маленький специалист высокого класса, – улыбнулась Анечка, намекая на свой миниатюрный рост.

– Маленький... да. Но не в этом дело.

– Кофе?

– Кофе. Аня...

– С сахаром?

– Аня!

– С молоком?

– Я серьезно.

– Я тоже. Я знаю, почему ты примчался в ночи, и поверь, ни одной женщине такая причина визита не понравится.

– Я быстро, – пообещал Андрей. – Только помоги разобраться в тезисах комиссии по поводу Основного Правила.

– Все просто, – отозвалась она, выставляя тонкие чашки, сделанные под фарфор. – Пункт «а» – радость жизни, пункт «бэ» – сопереживание, пункт «цэ» – любовь. Это упрощенно. Так вот, ничего из вышеперечисленного в нашем экземпляре не наблюдается. Сахар точно не надо?

– Сыпь что хочешь. Но это же оспоримо! Сопереживания у него – полно. Эба первая, Эба вторая... он же собой прикрывал.

– Это не сопереживание, – мотнула Анечка высоко подвязанным хвостиком светлых волос. – Он их автоматически, – она постучала согнутым пальцем по голове, – автоматически присоединял к своему пониманию команды. А командность – один из основных их инстинктов.

– Хорошо, пойдем дальше. Радость жизни. Раннинг довольно часто принимается за описания – чуть ли не в лирику уходит. Разве это не относится к радости?

– Это относится к наличию у него глаз, – ответила Анечка, облизывая палец с вареньем, взятым на пробу. – Персики с жимолостью... м-м-м...

– Любовь, – мрачно сказал Андрей. – У меня одного ощущение, что он был патологически привязан к Квоттербеку?

Анечка поставила варенье на стол, поправила салфетки.

– Ты сейчас хочешь доказать, что наши предшественники ваяли Игроков-гомосексуалов?

– Нет, – яростно ответил Андрей. – Хотел бы доказать, не говорил бы о патологиях...

– Тогда о чем ты? – ласково спросила Анечка.

– Об эмоциях... Как он их называет? Маленькое тепло.

– Не забывай – группа всегда иерархична. Он испытывал уважение к старшему по иерархии Игроку, пытался с ним конкурировать. Адреналин, естественно...

– Мне показалось сегодня, что тебе его жалко, – сказал Андрей.

– Да, жалко. И это говорит только об одном – человек здесь я. А он – наш материал, Андрей, что бы ты там ни придумывал...

Утром Андрей через силу заставил себя пойти на работу. Хотелось бросить все и больше никогда к этому не возвращаться, но ответственность пересилила. Он разгрыз несколько таблеток энергетиков, запил апельсиновым соком и явился-таки в лабораторию, хоть и с небольшим опозданием.

Раннинга разбудили за полчаса до его прихода. Он встретил Андрея коротким взглядом и отвернулся.

– Готов? – спросил у Раннинга тощий безымянный лингвист, настроивший свою аппаратуру. – Начинаем с фразы: «Лайнмен отобрал у "Королей" оружие»...

– ...и раздал его бедным, – продолжил Раннинг.

Кое-кто улыбнулся, прикрываясь воротом белого халата.

Андрей занял свое место у пульта снабжения и посмотрел на показатели. Болевые очаги из алых превратились в некрозные, черно-фиолетовые.

Господи, подумал Андрей, он же... Ему же уже ничего не помогает, это необратимый распад, ему больно, запредельно больно.

– Ты в своем репертуаре, – сказал Лайн, – Тайтэнд бы сбесился со злости.

Я пристроил Зеру-Эбу на плече – головой вниз. По-другому не получалось, она была и выше меня, и тяжелее. Снова откуда-то капала кровь, и я искренне надеялся, что на этот раз все обойдется без «барсуков».

– А я тебе сигналил-сигналил... все ракетницы извел.

Стало стыдно. Не уловил, не отметил, обошел вниманием.

– У башен меня засек?

– Ага. Думал, подожду – сам влезешь. А ты куда-то в обратную сторону побежал.

Блин, знал бы он, зачем я туда шел...

– А за тобой еще какая-то мелочь поскакала, но отвалилась быстро, задохнулась.

На этом слове Лайн споткнулся и задышал преувеличенно ровно. Выглядел он плохо – серые глаза окружило синеватым кольцом, губы сухие.

– Я мелочь за шкирку встряхнул, но разбираться времени не было. Такой... в шапке с ушами.

– Журов, – определил я, поправляя сползавшую с плеча Зеру-Эбу. – Инструктор.

– Инструктор? – удивился Лайнмен.

И тут бы мне прислушаться и подумать башкой, но нет – мелочи никогда до меня сразу не доходили, не умел я сопоставлять почти неуловимые факты, да еще и Зера завозилась...

– Иди-иди... – сказал Лайн, а сам остановился и наклонился, раздираемый кашлем.

Я обернулся через несколько шагов. Он сплевывал тягучую кровяную нитку.

Одной рукой он опирался на корпус «Иглы», другой держался за грудь – ровно по центру. И так держался, словно боялся, что вот-вот треснет там что-то и выпадет в грязь. У меня самого в груди заболело.

Мы пошли по утренней Кремани – вдвоем, не прячась по углам и не кидаясь в подворотни. Объединившись, стали плотным ядром команды и ничего особенно не боялись. Да и шарахались от нас – от меня, грязного, с ало-синей замшей ожога на по колено обнаженной ноге, и Лайна, огромного, как обломок скалы, с тяжелым оружием наперевес.

Зера давно пришла в себя и шепотом ругалась, болтаясь наподобие воротника.

По пути попался магазинчик – странный, с прейскурантом, как из Монастырщины, – числились в продаже свежие мечты пять килограмм за литр крови и забытье по цене трех никчемных жизней. Из реального товара обнаружились дымные курительные палочки и сухари, густо присыпанные пылью.

Есть хотелось зверски. Мой возраст то и дело напоминал о себе – я все еще рос и формировался и жрать мог больше остальных раза в три. Зера-Эба тоже завозилась. Я поставил ее на ноги, но оказалось, что стоять она может только на одной – вторая треснула вдоль, и непонятно было, что там с костью.

– Сухари? – переспросил желтенький старикашка за прилавком. – Только охотникам. Талончик пожалуйте.

– У меня нет его, – медленно сказал Лайн. – Выкинул.

У Эбы тоже не было.

Я порылся по карманам и молча протянул свои талоны.

– Три раза охотник. Давай три мешка.

Старичок, дробно хихикая, принялся за упаковку, а Лайн посмотрел на талоны и сказал:

– Раннинг.

– Ребята, – вяло сказала Эба, – не надо из-за этого… ссориться. Цена запредельная. Мало кто откажется, но это не значит…

Лайнмен ее не слушал. Он положил тяжелую руку на мое плечо и развернул к себе.

– Ты в порядке?

– Квоттербека бы еще, – ответил я. – Солнце за плечи. И тогда – да, в порядке…

Пыльную корку с сухарей я счистил ножом, и их стало вполовину меньше. В башне, облюбованной Лайном, под самой крышей, было тепло и сумрачно, а из щели видно было целый город и тот переулок, где меня остановил «Король», – как на ладони.

Комбинезон Эбы пришлось разрезать и наделать из него длинных, грязных, но вполне пригодных бинтов. Я перемотал ими ее белую шелковистую ногу в рыжих подтеках. Лайн посмотрел и молча поделился таблеткой из завалявшейся у него пачки антибиотиков.

– А что за запредельная цена? – спросил я у Эбы.

Она вздохнула, прикрыла глаза и начала рассказывать. По легенде, Кремань – остров богов, сотни лет стоявший на берегу бирюзового моря. Здесь жили те, кто заведовал снами и мечтами человеческими. Люди, преодолевая волны и непогоду, прибывали на берег и приносили богам кровавые жертвы, надеясь на благосклонность.

Те, чьи жертвы богам понравились, получали исполнение заветной мечты. В город же не осмеливался ступать ни один смертный – говорили, что вошедший падал замертво и отправлялся на кухни, где его разделывали и варили в золотых кастрюльках и пряных специях...

Эба прервалась и остервенело вцепилась зубами в сухарь. Появилось впечатление, что свари ей кого-нибудь в золотой кастрюльке – слопает не задумываясь. Смешная она была.

Время шло, люди становились взрослее и нашли рядом с островом, прямо под водой, целые залежи полезного и жизненно важного ресурса – черной липкой жижи.

Богам пришлось потесниться. Стало не до жертвоприношений – у белого города отхватывали кусок за куском, строили новые дома и склады, резервуары и канализации. В итоге опешившие боги оказались в одном-единственном здании, которое до сих пор называется Дворец, хотя выглядит, на ее, Эбин взгляд, довольно убого. Можно было бы и покрасить.

Боги заперлись там и придумали систему – превратив свое умение в ходовой товар. Выдавали желающим лицензию на исполнение желания, а взамен требовали крови – по старинке.

Люди пользовались, но как-то вяло – разбогатевшие на продаже своей черной грязи, они могли приобрести себе все, что пожелают.

Неприятности начались, когда осенним утром прогремело землетрясение – гигантские волны смыли добывающие вышки, навсегда изменилась топография дна и вся жижа выплеснулась и стала непригодной от смешения с соленой водой.

– «Игла» кое-как переварила, – задумчиво сказал Лайн. – А знаешь, на что похоже, Раннинг? На симбиоз двух принципиально разных разумных видов. Квоттербек тебе подробнее расскажет, я рассказчик никакой.

Остров продолжал жить, но кое-как. Сюда свозились химические отходы, и мало-помалу он превратился в свалку. Процветала только дворцовая система, и появились скоро и кураторы процесса – те самые «Короли» – и первые завсегдатаи и психи...

– Желания действительно исполняются, – сказала Зера-Эба. – В этом-то и проблема. Появляются живехонькими те, кто уже умирал, – и страшно даже представить, какая сила их здесь удерживает. В катакомбах прячутся какие-то мутанты, не похожие ни на что. Шляются по борделям вечно юные девки и вечно укачанные наркотиками уроды. Боги – сидят во Дворце и, наверное, сохранили еще золотые кастрюльки, а здесь какая-то живодерня круглосуточно. У всех есть желания... кто-то не может убивать, потому что слабый, кто-то искалечен, кто-то боится, но все они сидят здесь в надежде на шанс, даже если давно потерян или просрочен талон. Говорят, боги иногда помогают в достижении цели – самым упорным... Раннинг, чего бы ты хотел? Не стесняйся.

Я пожал плечами.

– Солнце. Пятую линию. Тайтэнда назад.

– Я серьезно спрашивала.

И тут я увидел Лайна. Он смотрел невидящими глазами прямо перед собой и руку держал на груди – там, где у него всегда клокотало и булькало.

Мне очень повезло, что он выбросил талон, вот что я думаю. Потому что я знал, чего он хочет сильнее, чем вернуть обратно наше Солнце.

Зера-Эба зевнула, прикрыв рот ладонью. Мне тоже хотелось спать – я мотался на ногах целые сутки.

– Ложитесь, – сказал Лайн. – Я посторожу.

Он снова смотрел просто и спокойно, кризис миновал. Я улегся за его спиной на какую-то доску, Эба пристроилась в уголке, вытянув забинтованную ногу, – я еще несколько минут смотрел на нее, завороженный непривычными для меня линиями тела – плавными, крепкими и округлыми, но потом она увидела и сделала страшные глаза. Я отвернулся и попытался придумать себе желание – все вертелось перед глазами, все скакало в хаотичном разноцветном движении, и я помню, что странно больно стало оттого, что я так ничего и не надумал.

Приснилось мне тогда, что я стал Квоттербеком. Не собой, а именно нашим Квоттербеком, и вместо позорного провала одержал блистательную победу над «Королями», правильно рассчитав время и закопав бочонки с кислотой на их пути – в узком проходе между ворот. Я даже слышал, как они приближаются – топ, топ, топ. И понимал, что должен проснуться, но не мог – не имел права покидать свой пост возле этих закопанных бочек.

А проснулся от сухого треска выстрелов, визгливого задыхающегося крика и цепких рук на моей шее. Вывернувшись, я подмял под себя брыкающееся тело, коленом прижал выступающий кадык и увидел – Зера-Эба стоит на коленях перед спящим Лайнменом.

– Лайн! – выкрикнул я. – Лайн!

Затылок у него был неподвижным, а рука ушла под колени Эбы неестественным углом, очень ломким и страшным.

Рядом лежала «Игла» – из прорези ее желудка шла черная с желтым отливом пена.

Эба поднялась с колен, и я увидел выцветающий камуфляж, оставляющий лицо Лайна бледным и беззащитным. Серые глаза угасали так же стремительно, выпуклый зрачок ослеп.

Три таких же слепых зрачка, черные с красной каймой, дымились на его шее и у сердца.

– Как? – глупо спросил я и ослабил захват.

– Домой! – тут же заорал Журов, набрав воздуха. – До-мо-о-ой! Я хочу домой!

Он забил руками, попадая мне по лицу и плечу. Яростные быстрые удары, словно укусы какого-то животного.

Зера-Эба снова опустилась на колени и закрыла от меня лицо Лайна – я понял, Аттам, я никогда его больше не увижу. Никогда больше не увижу, потому что Эба сидит на коленях и ласково гладит его неподвижный затылок.

Я нарезал из Журова лоскутов. У меня был только нож, но, когда я закончил, передо мной лежало то, что можно было слить в бочку через отверстие в пять сантиметров диаметром. И – клянусь – ничего бы не застряло.

Я не хочу пускаться в долгие объяснения и рассказывать подробности. Какие у смерти могут быть подробности? Все было как было. Его подвело доверие к «Игле», перекормленной этой дрянью, и полностью разряженная броня. И еще – старое ранение, из-за которого он снял шейную пластину. Она мешала ему дышать.

Лайн даже не попытался меня разбудить, когда увидел неуклюжий «Пыж», замерший в попытке спрятаться за пару кварталов от башен. Он был уверен, что справится сам.

Я так и не узнал, на кого охотился Журов – на меня или Лайна. Фото на талоне, который оказался в его нагрудном кармане, после разглядеть стало невозможно.

Журову помогли боги, сказала Зера-Эба и обняла меня. Я привалился к ней, окровавленный и страшный, и долго еще не мог прийти в себя. Тупая боль поселилась в груди – наверное, то же самое чувствовал Лайнмен изо дня в день.

– Его надо закопать, – сказал я, вспомнив памятные холмики на дворе Гордого.

– Похоронить, – поправила меня Эба.

Солнце снова поднималось, вкладывая свои лучи в щели крыши, словно монеты в копилку. Мы просидели ночь – неподвижно.

Она повернула голову и вдруг осторожно взяла меня ладонями – чуть ниже затылка и у шеи. Приблизила лицо – сосредоточенное и бледное. Сухими волокнистыми губами она прижалась к моим и закрыла глаза – в синей тени.

Сказала шепотом:

– Обязательно повзрослей. Заведи детей...

Мне тогда показалось, что именно за это Люке давали шоколад и бумажные пакетики с галетами. Слава Аттаму, у меня ничего похожего с собой не было, а то неизвестно, чем дело бы закончилось. Я отдал Зере талон, размокший и неразборчивый.

– Пригодится.

У нее ведь тоже, наверное, была мечта-желание.

Она молча взяла талон и похромала вниз по разбитой лестнице.

Я посмотрел сверху, как она уходит – медленно, кренясь на левый бок, высокая, сильная Эба с ежиком черных волос и вишневыми глазами.

Сверху было видно и «Пыж» – он приткнулся носом в замусоренный переулок. Это был транспорт, и на нем можно было отвезти Лайна куда-нибудь, где можно вырыть яму.

В лицо ему я старался не смотреть, а после и вовсе закутал его голову курткой, потому что глаза были открыты и в них было полно пустоты.

Бесполезную «Иглу» я припрятал под досками и черной просмоленной мешковиной.

Лайна, ставшего по весу таким же, как и Солнце, негибкого и уже холодного, я взвалил на плечи и попер вниз.

«Пыж» стоял молча, мрачно, словно знал, что случилось с его хозяином. Я повозился с люком и открыл. Внутри россыпью лежали черно-белые фото: какой-то домик в буковой аллее, какая-то Эба с криво пойманной фотографом улыбкой и бородатый пес с хвостом-бахромой.

Пока я устраивал Лайна внутри тесной кабины, откуда-то пришлепал «Король». Он долго крутился рядом, наклонялся, разглядывая меня и Лайна, а потом сообщил:

– Вы находитесь в зараженной зоне. Немедленно покиньте зараженную зону.

Его и без того механический голос был сильно искажен помехами.

– Пошел ты... – сказал я и захлопнул люк.

У меня была карта, оружие – снова из припасов Журова – и новый день, в который я остался один.

«Пыж» за город я вывел дорогой смерти. Мне часто попадались какие-то люди, все тощие и почему-то все похожие на Журова. Я останавливался и открывал люк – они опасливо крались, а потом подскакивали, поймав пулю в сердце или голову, – стрелял я наверняка, хотя и не особо целился.

Пять или шесть трупов осталось позади, а еще позади болтался «Король», почему-то бесстрастный. На него я внимания не обращал.

Карта кратчайшим путем вывела меня за черту города, и я попал туда, куда так стремился попасть с самого начала – на битую бетонную полосу, заросшую жестким кустарником. За ней виднелась полоска берега и пологий склон, где Лайн кормил «Иглу» последний раз. Справа расползлось приземистое здание с надписью «К-Р-Е-М-А-Н-Ь». Буква «Е» покосилась.

Лайна я оставил в кабине. Собрал все тряпки, которые нашел за сиденьем, и завалил его ими. Я понял, зачем нужно закапывать трупы. Они становятся совершенно чужими, и смотреть на них невыносимо.

Все оружие, которое у меня было, я собрал и распихал под уцелевшие ремни и в карманы. Утопая в скользящем песке по щиколотку, пошел к единственной двери, которая была приоткрыта – видимо, для вентиляции.

Толстяк сидел за конторкой и черкал что-то карандашом. Зонтик с длинной изогнутой ручкой аккуратно висел сбоку на гвоздике.

Первый выстрел сбил зонтик. Он раскрылся и поскакал прочь на переломанных спицах.

– Ты как сюда попал? – удивленно спросил толстяк, роняя карандаш.

Сверху захлопали двери, застучали шаги, но я успел всадить пулю толстяку промеж глаз. Он дернул щеками и свалился с конторки.

Словно капли первого дождя, с тяжелым стуком ударились выстрелы под ногами, и я услышал возмущенное: «Ты посмотри, куда пролез!»

Голос подсказал мне расположение говорящего – прямо надо мной, на просевшем деревянном балкончике. Этого было достаточно, чтобы не промахнуться. Посыпалась частая горячая капель, знакомо забулькало и захрипело – я даже обернулся, чтобы посмотреть, не пришел ли Лайнмен мне на помощь.

Вместо Лайна в дверях торчал «Король».

– Зафиксировано нарушение Соглашения, – проскрипел он и полез в проем.

Ввалился он в тучах пыли и с повисшей на корпусе дверной коробкой.

Все замерло.

– Позвольте! – сказал молодой звонкий голос, и вниз по лестнице, стуча каблучками, сбежала Эба в беленьком платьице и с автоматом за плечами. – Позвольте! – повторила она. – Соглашение нарушено не нами! Пунктом первым параграфом восьмым Дворец обязуется держать приемную неприкосновенной и недосягаемой для охотников...

– Соглашение нарушено, – гнул свое «Король», и я подумал, что с лексиконом у него явные проблемы.

– Дворцом нарушено! – убеждала Эба, и сверху снова появились направленные на меня дула.

«Король» медленно развернул корпус ко мне и сказал:

– Покиньте зараженную зону.

Я покинул. Точнее, переместился за него, смутно понимая, что этот механический парень, чем бы он ни был, на данный момент на моей стороне.

– Я требую... – начала Эба, но, что именно она требовала, я уже не расслышал, потому что «Король» попятился, выжимая меня из дыры в стене, сделал несколько шагов назад и поднял навесные стволы. Желтый пульсирующий свет образовался внутри, накопил сил и вырвался с протяжным гулом – раз.

Два. Меня отбросило в сторону и засыпало песком.

Три. Здание лишилось крыши – она поднялась над ним, завалилась набок и вдруг развалилась в щепки. Стены дрогнули. Надпись рухнула единым куском, а за ней появились оранжевые языки пламени.

«Король» отошел еще немного и снова выстрелил. Четыре. Пять.

Я устал считать, повернулся на спину и смотрел в небо, а «Король», стоя на месте с непреклонностью Лайнмена, все палил и палил до тех пор, пока не осталось ни единой целой доски, – и все ушло в черно-рыжие огненные лохмотья.

– Оставайтесь на месте, – проскрипел мне «Король» и замер, занявшись самоохлаждением, – я слышал, как гудит у него внутри.

Меня хватило на пять минут. Потом я вспомнил про Лайна, поднялся и побрел к «Пыжу».

Наушник в шлеме щелкнул:

– Раннинг. Я сказал – на месте оставаться.

– Квоттербек, я Раннинг, – отозвался я, не в силах удивляться или радоваться. – У меня тут Лайн...

– Я знаю, – помолчав, ответил Квоттербек. – Стой на месте. Это приказ.

Я поднял глаза и увидел его – он шел навстречу, выпрямленный и угрожающий. Не знаю, как толком объяснить, но было понятно – он просто хочет прикончить меня собственными руками. Это в движениях, в глазах.

Приказ приказом, но я развернулся и побежал, автоматически выбрав стиль бега, при котором песок не преграда скорости. Скинув все болевые ощущения, на полной экономии дыхания я рванулся с низкого старта и за несколько секунд уже полностью взял себя под контроль.

Квоттербек сказал в наушник что-то из репертуара Гордого.

Пожарище и гарь оказались далеко позади – еще немного, и скроются за горизонтом, и я сам скроюсь в какую-нибудь нору и попробую через связь доказать Квоттербеку, что не настолько никчемен, как ему кажется: да, потерял Лайна, да, сорвался на болельщиках, слил уйму очков, да, погубил уйму беспомощных людей, опять спутался с Эбами, но...

Чем дольше я рассуждал, тем больше понимал, что никакого «но» быть не может. Квоттербек прикончит меня и поступит очень правильно.

И все же – куда бы забиться? Я хотя бы успею ему сказать, что он был причиной того, что я чувствую странное тепло в груди, маленькое, но честное. Что я рад. Что я горд тем, что дошел с ним до четвертой линии.

Песок закончился. Полетела какая-то мелкая пыль на хорошо утоптанной земле. Я смог бежать быстрее и, стремясь выиграть время, пошел на такой разгон, который мог выдержать не более пяти минут – бесценное время.

Укрытия нигде не предвиделось, но это тоже было делом времени и...

И он налетел сзади и сбил меня с ног. Вместе мы пропахали метров десять, не в силах преодолеть инерцию. По горячей земле скатились вниз, к кромке жирного неподвижного моря, и там Квоттербек распял меня одной рукой, а второй стащил с себя и откинул в сторону шлем. Дышал он так же, как и я, – глубоко и ровно, в тот же ритм.

– Раннинг, – выдохнул он, – я тебя прикончу.

Мне и ответить-то было нечего, поэтому я просто лежал и смотрел на него. Догадка, которая мелькнула у меня тогда, была слишком невероятной, чтобы пытаться ее озвучивать, да еще и в ответ на заявление, что меня надо убить.

Священные Служители, а почему такая суета? Не верится? Вот и я не верил.

Андрею пришлось оборвать его рассказ. Картина на экранах медицинского оборудования была настолько плачевной, что непонятно, за что хвататься: стимуляторы, обезболивающее, адреналин?

– Останавливаем, – сказал он и поднял руку. – Перерыв.

– Это черт знает что такое... – прошептал у его плеча Фред, дрожащими руками запихивая в рот мятную конфету. – Ты представляешь, что будет, если это вылезет наружу?

– Он врет, – сказала Анечка. – Кофе?

В руке она держала стаканчик с молочной пышной пеной.

– Невозможно, – сказал безымянный лингвист, забирая у нее стаканчик волосатой костистой лапой. – Я гарантирую... нет колебаний на приборах. Врать он не может.

– Внимание, – чистым женским голосом объявил динамик. – Расследование переходит в категорию «А-12». Внимание...

– Понеслась, – мрачно сказал Андрей. – Какая разница – врет он или нет? Нас запаковали.

Анечка тряхнула блестящей челкой.

– Правильно, – сказала она. – Основное Правило пересматривают по инерции – остатки серий того времени остались только в запасниках... И размораживать их никто уже не будет.

– Да, – согласился Андрей. – Только... если его Квоттербек действительно генетически являлся Раннингом, то это значит – они могли развиваться и выходить за свои рамки. Это человеческая черта, Аня. Хочешь поспорить?

– Потом, – ответила она и показала кончик розового языка.

– Эба, – назидательно сказал Фред, – прекратите... на рабочем месте.

– А еще это значит, что мы должны прекратить допрос и дать ему умереть.

– Нет, – запротестовал лингвист, – материала мало. Основное Правило остается прежним... без паники, доктор, такое открытие могло быть решающим двести пятьдесят–триста лет назад, а сейчас – леди права, – последние серии давно уже просто исполнители.

– Откуда вы знаете, что у них творится в голове? – вдруг задумчиво сказал Фред и всей пятерней почесал жесткую короткую бороду.

– Фу, – сказала Анечка. – Что будет, если Костюченко узнает... он и так как акула вокруг лаборатории вьется. Психологию Игроков сочиняет.

– Категория «А-12», – напомнил Фред и посмотрел на замершего в колбе Раннинга.

Тот, мученически вывернув руки, висел в плотных пластах синеватой жидкости и смотрел вниз осмысленными ясными глазами.

– Бедный, – снова сказала Анечка. Раннинг перевел взгляд, и она вдруг отступила, уронив свой стаканчик. Темные кофейные брызги ударились в белоснежную ткань халата.

– Начали! – выкрикнул Андрей, зафиксировав улучшение.

Анечка молчала, растерянно разглядывая халат. Лингвист тоже молчал. Фред ожесточенно чесал бороду и делал вид, что занят этим безмерно.

Оставался только Андрей.

– Раннинг, – сказал он. – Можешь рассказывать дальше или сменим фазы?

– Ты с ума сошел, – вполголоса пробормотал Фред.

– Могу дальше, – помолчав, ответил Раннинг.

– Выкинут тебя отсюда, Андрей... Мозги в хлорке прополоскают и выкинут...

– Не останавливайте меня больше, – попросил Раннинг. – Это почти конец.

Он меня не убил. Мы вместе хоронили Лайнмена. Саперными лопатками, добытыми в «Пыже», копали яму, похожую на ту, куда по вечерам закатывали наше Солнце, только прямоугольную.

Я рассказал Квоттербеку, как все произошло, и он только плечами пожал.

– Хорошо получилось.

– Хорошо?

– Да. Он семь лет заявки подавал – иногда проходил, но Квоттербеки отклоняли на первой линии. Какой-то дурак протащил его, раненого, через переход. Переход зафиксировал ранение, и Лайнмена дисквалифицировали. Оставили в Храме – он там оборудование таскать помогал.

Я представил Лайна в роли носильщика. Картина получилась отвратительной. Вспомнилась и кошка – Искра, он сказал... Аттам, сильный, умелый Лайн – семь лет в команде с маленьким зверьком.

– Он не дошел бы до конца, – сказал Квоттербек, ровняя стену ямы острием лопатки короткими заученными движениями. – Четвертая линия – предел.

– Зачем ты тогда его взял? – ляпнул я.

Квоттербек посмотрел искоса. Я вспомнил собственную тайну, отданную ему на первой линии, вспомнил Тайта с его экспериментальным геномом и прикусил язык.

Потом я узнал, что Лайн два года гонялся за Матчами, в которых участвовал наш Квоттербек. Это был его единственный шанс попасть на поле, и с выбором он не ошибся.

– Ничего хорошего все-таки, – сказал я. – Он мог бы и дальше ходить с тобой.

– Мог бы, – безмятежно ответил Квоттербек и вдруг улыбнулся.

Улыбался он одними губами, а в глазах было что-то... вроде затвердевшей кровавой корки, которую приходится взламывать ножом, чтобы рана не задохнулась.

Мы втащили Лайна в яму – Квоттербек принял его снизу и уложил на спину. Снял с его головы куртку, посмотрел и провел ладонью по выцветшему лицу.

– Нет... – тихо сказал он. – Слишком поздно.

Я не понял, о чем он, но спрашивать не стал.

Мы засыпали Лайна мелким бежевым песком, сгребли над ним холмик, который вскоре обязательно разметало бы ветром, и сели рядом, глядя на догорающий приемный пункт Кремани.

– А теперь работа над ошибками, – сказал Квоттербек. – По пунктам. Первое: если хочешь оглушить противника, бей не по ногам, а по голове. Второе: выполнять чужие правила – глупость. Идти на поводу у тех, о ком не знаешь ничего и ничего не знаешь об их настоящих целях, – идиотизм крайней степени. Если ты не можешь этого понять, то...

Возникло странное ощущение, что не Кремань причина его рассуждений. Слишком гладко и уверенно ложились эти слова, словно сотни раз обдуманные.

– Если ты не можешь этого понять, то закончишь вот так, – и он кивнул на холмик, а потом устало потер ладонью нахмуренный лоб. – Я спрашивал тебя недавно – что ты знаешь кроме правил? Что ты знаешь, Раннинг?

– Не знаю, – ответил я, разглядывая влажный ожог с густо налипшим на него песком. – А при чем тут бить... противника по голове?

– При том, что вместо того, чтобы метаться по подворотням, нужно было искать центр.

– Дворец, – догадался я.

– Пять баллов за догадку, труп за опоздание.

– Лайнмен тоже не догадался.

– Он хотя бы на месте пытался сидеть и ждать. Это ты... все бегаешь. – Неожиданно его взгляд смягчился, а губы перестали напоминать шрам. – Правда, хорошо бегаешь.

Внутренне я согревался и успокаивался. Обжигающий напиток из мятых фляжек не шел ни в какое с этим чувством сравнение. Квоттербек не клял меня за уйму ошибок, не винил в смерти Лайна, не упоминал Эб.

Я точно знал – все взято на заметку и обдумано, не спущено с рук, но и не стало оружием для проявления превосходства.

– Зачем на улицах стрелял? – спросил Квоттербек как раз тогда, когда я пришел к мысли, что этот вопрос будет замят.

– Мне казалось, что они все виноваты.

– В чем?

Я молчал.

Квоттербек посмотрел на догорающие развалины, потом на песчаный холмик.

– Я забыл. Ты же у нас комиссионный экземпляр.

Обожгло. Это была моя душа, моя тайна, и я очень надеялся, что Квоттербек никогда не заговорит об этом вслух.

Квоттербек нагнулся, взял какой-то прутик и начертил на песке круг – широкий, а в нем – поуже.

– Что тебе на Комиссии сказали?

– Ничего. Просили рисовать и отвечать на вопросы. Потом долго кричали и ругались – эмоционально нестабильный, оплошность, брак... И отпустили. Я вернулся назад и подал заявку на Матч.

– Вопросы задавали, – повторил Квоттербек. – Посмотрели бы они на тебя сейчас.

Я чувствовал, что он нарочно отдаляет меня от себя – упоминанием об унизительной Комиссии, от которой остались самые плохие воспоминания. Были в том круглом зале несколько человек, которые доказывали что-то, мне совершенно недоступное, но ясно было – если они убедят остальных, Матчи прекратятся. Они долго бурлили и лопотали, но в итоге согласились нехотя, что я попросту немного недоработан и Матчам быть.

Событие в моей короткой жизни было из ряда вон выходящее, и я часто возвращался к нему в воспоминаниях.

На первой линии Квоттербек подробностей выпытывать не стал, но почему-то вернулся к этому сейчас.

– Ладно, – сказал Квоттербек, поднялся и выбросил прутик. – Пойдем во Дворец, пока там опять все кнопки не поотлетали. Я уже замучился этих ловить, – и он кивнул на «Короля», который бродил по берегу с видом пляжного отдыхающего.

Андрею очень хотелось взять очередной тайм-аут, но Раннинг, вернувшись к воспоминаниям о Квоттербеке, пришел в стабильное состояние и рассказывал плавно, не прерываясь на свои обычные ремарки. Нужно было бы спросить – в каком году его водили на Комиссию по пересмотру Основного Правила, но вряд ли он вспомнил бы подробности неприятного, с его точки зрения, процесса.

– Здесь живут боги, – вспомнил я рассказы Зеры, очутившись в прохладном, с желтоватой лепниной на потолке зале изрядно обветшалого Дворца.

Сюда мы добрались без приключений. Люди попадались, но какие-то ошарашенные, с вполне вменяемым блеском в глазах. Было ощущение, что они все очнулись и никак не могут понять, где находятся, но вот-вот вспомнят, куда топать, чтобы попасть домой.

Расстреливать их мне больше в голову не приходило. Рядом был Квоттербек, и он заменял мне целую команду, а значит, эмоциональный изъян успокоился и умолк.

– Здесь живет хлам, – отозвался Квоттербек и показал на ободранные бархатные кресла, громоздившиеся перед страшноватого вида панелями с синими и красными кнопками, на которых красовались стрелочки и спиральки.

– Попробуй, – сказал Квоттербек, и я сел в кресло, предназначенное явно не для существ с центром тяжести, расположенным пониже спины.

Тускло загорелся экран с жутким изображением в дробящихся пикселях.

– Узнаешь?

Я присмотрелся. Башни.

– Здесь я тебя первый раз перехватил и развернул на сто восемьдесят.

– А как?

Квоттербек наклонился через мое плечо и с силой нажал несколько кнопок. Картинка сдвинулась и поплыла – тошнотно медленно.

– Они управляются несколькими алгоритмами, – пояснил Квоттербек. – Взломать алгоритмы я не смог... то же самое, что пытаться рельсу об колено сломать. Слишком примитивно. А вот внести коррективы удавалось.

– Ты отдал Лайну «Иглу», – догадался я.

– Да. И повел «Королей» за тобой под перемычку.

– Но они же потом разбежались!

– Ага, – сказал Квоттербек. – Ты не поверишь... но кнопки западают. А еще у этих болванок в памяти всего пять фраз. Иногда выдаются рандомом.

В исполнение желаний Квоттербек не поверил. Я добросовестно пересказал ему всю историю Зеры-Эбы, впрочем, умолчав об источнике, и дополнил версией Лайнмена про симбиоз разных разумных видов.

Он выслушал, но как-то без интереса, а потом сказал:

– Дело не в богах, Раннинг. Дело в том, что мы верим в то, что нам обещают.

– Плевать тогда на желания, – возразил я. – Но победа в Матче – это реальность.

Квоттербек поднял голову и посмотрел на меня холодными спокойными глазами.

– Если бы Кремань не глушила все сигналы и если бы рядом было Солнце, – ответил он, – я бы первый тебя заткнул. Но пока мы здесь – Раннинг, Аттам тебя упакуй, подумай наконец, – что ты знаешь кроме правил?

Он не мог быть со мной откровенным до конца. Он был осторожен и мало что проговаривал вслух, но сказанного мне хватало, чтобы начинать переживать за его квалификацию. Мне казалось, что Квоттербек теряет хватку, что Кремань подкосила его. Страх за будущее нашего Матча не позволял мне задуматься над его вопросами. Я думал только о том, как вернуть Квоттербека, который не так давно сломал Тайтэнду нос за небрежно сказанное слово.

Положение усугублялось тем, что я не мог избавиться от своей догадки – он не Квоттербек, он Раннинг... Он равен мне, он такой же. Я помнил о серии одинаковых Игроков – каким-то непостижимым образом Квоттербек перешагнул из одной специализации в другую.

Я был идиотом – чего стоило задуматься о том, что именно это делает его особенно сильным?

Вообще, логика не мой конек.

Несколько дней мы выжидали, пока не затянется мой ожог. Разговаривали, отсыпались и двигали туда-сюда технику по притихшему опустевшему городу.

– Хотелось бы знать, что в действительности прикрывали этой мистификацией, – сказал однажды Квоттербек. – Чей-то личный зверинец? Истребление преступников в обход запрета на смертную казнь?

Я не знал – я воспринимал правила Кремани правилами странноватой и бессмысленной Игры.

Существуют же Игры и поглупее – например, тетрис.

Так что догадками мучился один Квоттербек, а я просто грелся своим маленьким теплом и подолгу просиживал над линиями мышления «Аттама», задавшись целью освоить эту строптивую систему. Квоттербек мне не препятствовал, но не особо помогал – только тогда, когда я заходил в тупик, он смотрел на путаницу зеленых нитей темными внимательными глазами и поправлял один или другой угол.

Занимался я тем, что безуспешно пытался достучаться до шлема, который лежал рядышком и, наверное, искренне недоумевал над методами моего общения с ним.

За три дня я только два раза наладил с ним прямую связь и сразу же терял ее, как только начинал радоваться.

– Это не для меня. – В конце концов я отложил «Аттам» в сторону.

– Брось, – сказал Квоттербек, разглядывающий темные улицы у открытого окна.

Потом вздохнул.

– Покажи.

Я растянул нити на пальцах и показал. Квоттербек повернул голову, пытаясь понять мою схему, потом обошел меня справа и снова посмотрел.

У меня руки задрожали от напряжения, и Квоттербек взялся пальцами за мои запястья, провел по ним, снимая тонкие зеленоватые связи.

Свернул и снова развернул – уже стройной идеальной схемой. Шлем рядом тут же включил огонек – подтверждение связи.

– Покажи еще раз.

– Сам, – ответил Квоттербек, но саму сетку повертел туда-сюда, демонстрируя. – Раннинг, ты или просто бегай, или бегай и думай. Думать умеешь? Это же мысли – примерно так все выглядит и в твоей голове. Представь.

Я представил свои мысли и чуть не свихнулся.

– Нет, в меня это не вложили. Бесполезно. Раннинг есть Раннинг.

Квоттербек тихонько фыркнул.

– На самом деле ты никто.

– Никто?

– Да. И стать можешь кем угодно.

Меня его слова сначала напугали, а потом... потом я почувствовал, что...

Этого не объяснить, но почему-то Солнце немного отодвинулось на второй план. Немного. Чуть-чуть. А на первом плане появился чистый лист, в который я просто не знал, что вписать.

Он понемногу начал рассказывать о своих прошлых Матчах – о полях, на которые я никогда уже не попаду, потому что после пяти сезонов поле считается закрытым. О том, что ждет меня на последней линии – томительное ожидание и пятьдесят пять секунд на пробежку заодно с Вихрем. Меньше минуты – на все, включая установку Солнца на ветке. Главное – держаться вместе с Вихрем, предупредил меня Квоттербек, иначе Солнце спалит подчистую и никакие термозащиты не помогут. Вырвешься вперед или опоздаешь – конец. Холодный Вихрь идет по большой окружности – это наш. Горячий – по меньшей, внутренней. Это вихрь Луны. И не дай Аттам тебе их перепутать, Раннинг...

– А было такое?

– Было, – помолчав, ответил Квоттербек. – На моей памяти раз шесть.

Довольно-таки мерзкое препятствие. Нет, понятно – охладительные системы, нагревающий элемент... Необходимость для таких приборов, как Солнце, Луна и их ветки. Но нам же там бегать приходилось.

– А когда я пройду линию?

– Закинешь Солнце, активируешь и смотри во все глаза – запоминай код, который оно тебе высветит. Там пять элементов – цифры, буквы, символы, знаки, подстрочники. В общей сложности задействовано шестнадцать языков и семь систем шифровки. Код будет идти три минуты ровно. Не пялься по сторонам, смотри на него. Проблем с запоминанием не будет – у тебя для этого отведено достаточно пустого места.

Потом выдвинется панель набора – первые шестнадцать символов откроют переход для одного, первые тридцать два – на двоих и так далее. Это для того, чтобы забрать всех уцелевших Игроков команды. Порядок таков – сначала Раннинг, потом Квоттербек, потом Тайтэнд и Лайнмен – замыкающим. Если Игрок отсутствует, пробиваешь шестнадцать нулей... Но это тебе не понадобится. Победа команды засчитывается по трем показателям – количеству набранных и проигранных очков... Тут мы в полных нулях из-за твоих нервов. Количество уцелевших Игроков – не знаю, сколько там у Луны осталось, – и время прохода пятой линии. Это время может покрыть все потери, так что все зависит от тебя.

Пока что мы явно проигрываем, если только Раннинг Луны не настрелял болельщиков с твое.

– А потом?

– Что – потом?

– После перехода?

– Отдых и следующий Матч. Если победили, то даже без заявки, просто закинут, где недобор.

Мне хотелось спросить – а когда же тогда мне становиться тем, кем я хочу?

Но Квоттербек вряд ли мне ответил бы, да я и не был уверен, что правильно его понял.

Когда он говорил о победе и методах и тонкостях прохода пятой линии, то воодушевлялся, быстро и четко выдавал информацию и казался очень увлеченным. Потом наступало время охлаждения – Квоттербек подолгу стоял у окна, скрестив руки на подоконнике.

Иногда он листал какую-то книжечку, которую я раньше никогда не видел.

На мое любопытство он покачал головой:

– Потом.

Эти его «потомы» – как же они меня дразнили!

Ночью мне пришла в голову мысль – скоро все закончится, нас разбросает по разным полям и не будет больше возможности увидеться.

С этой мыслью я пришел к Квоттербеку. Он спал, но чутко, и сразу же открыл глаза. Я молча сел рядом.

Он сначала не понял:

– Охрана?

Я отрицательно помотал головой и, наверное, как-то умудрился выдать себя, потому что Квоттербек сел рядом, плечом к моему плечу, и тоже замолчал. Меня как в лед затянуло, но кое-как согревала мысль, что фиолетового Раннинга он точно не забудет.

– Стоп, – сказал Андрей. – Сердце.

– Он не успеет все рассказать, – шепнула Анечка. – Пусть пропускает лирику. Надо начинать пятую линию, там самое главное.

– Пусть говорит, – сказал Фред, держа свою бороду ладонью. – Иначе анализ будет неполным.

– Анализ чего? Командно-иерархической психологии? Да откройте любой учебник за позапрошлый век.

Андрей посмотрел на свои экраны и принял решение.

– Раннинг, – сказал он, – нам нужно дослушать историю до конца и переключить тебя в сон. После сна сможешь дополнить все, что считаешь нужным.

– Я боюсь, причин его поступка нам тогда не понять, – поделился опасениями лингвист, но Андрей глазами указал ему на свои экраны, и тот умолк.

Квоттербек занялся расстановкой ежеутренне сбегавшей куда-то охраны, а я бродил по залам, бесцельно передвигая какие-то запыленные кувшины. Мы скоро должны были сняться с места, и я изнывал от безделья. Хотелось как можно быстрее оказаться на пятой линии, центром которой и была наша цель. Солнце, яростно накалившееся до предела, не особенно пугало. Главное – снова взять его на плечи и избавиться от давления Кремани. Кремань. Я остановился у окна и посмотрел на площадь с разбитой чашей пересохшего фонтана. В ней неплохо бы развести костер, усадить Тайта за приготовление супа, а Лайна – рядом, с «Иглой» на коленях... расстелить спальники и закрыть глаза, чтобы утром проснуться и двинуться вперед.

Эти мысли я подавил и вспомнил о Зере. Что она сейчас делает? Вытаскивает из подвалов барсучков-детей? Копает похоронные ямы?

Вспомнилось ее странное прощание.

Я вернулся в зал и заходил туда-сюда за спиной Квоттербека.

– Можно задать вопрос?

– Задавай.

На одном мониторе хорошо просматривалась площадь, на другом видно было только зернистую блеклую стену.

– Если Игроки... – Упоминать Эб я не решился, – делают вот так?

– Как?

Квоттербек обернулся.

Я скрестил указательные пальцы правой и левой руки.

– Только ртом. Это что значит?

– Если так делают Игроки, – ответил Квоттербек, – это значит, что тебе пора проснуться и намекнуть Служителям, чтобы не путали больше банки с реактивами.

– А почему...

– Раннинг, – оборвал меня Квоттербек. – Не лезь в это. Я не могу заниматься твоим воспитанием настолько разносторонне.

– Почему?

– Потом поймешь.

– Потом – оно не всегда бывает.

– Постарайся, чтобы у тебя было.

Я так расстарался, что, по-моему, даже палку перегнул.

– Андрей, сколько у меня времени?

– Немного, – ответил Андрей, глядя на экран. – Ткани оттаивают и... как бы тебе объяснить... Расползаются. Я держу температуру, но она все равно выше температуры длительной заморозки. Фаза сна может замедлить процесс.

– Пока не надо.

Наконец Квоттербек настроил «Королей» на охрану Дворца и отвлекся от кнопок.

– Не хотелось бы, чтобы переход кто-нибудь прервал.

Он привел меня в залу, которую я при обследовании здания упустил из внимания – дверь в нее была скрыта под нишей, затянутой тем же потертым бархатом. В зале оказались – во-первых, длинный стол, застеленный белоснежной скатертью и уставленный сияющей посудой, во-вторых, в нелепых позах застывшие в стульях трупы. Все они были тощими и какими-то неправильными – верхняя половина туловища в полтора раза длиннее нижней. Глаза затянуты лиловой пленкой, за воротниками на морщинистых шеях – длинные хвосты салфеток.

– Как ты их?

– Это не я, – отозвался Квоттербек, поднимая крышечку ближайшей кастрюльки. – Тронешь – развалятся в пыль. Этот Дворец – что-то вроде посольства с запрещенной для посещений территорией. Вот сюда никто и не лез, а «Короли» продолжали крутиться по своим алгоритмам и никаких нареканий не вызывали. Я просто сюда пришел и занял пустующее место. Пробуй.

В кастрюльке оказались горячие кусочки мяса в ароматном густом соусе. Я вспомнил рассказ Зеры, подумал и попробовал.

Мне давно не попадалось ничего вкусного, и оторваться от кусочков я не смог, а когда доел, обнаружил, что Квоттербек уже поджидает меня у стены.

– Пойдем.

За ним вырисовывался сквозной дверной проем, а за проемом – улицы светлого шумного города, на площади которого бил искристый фонтан.

На мне вместо рваной выцветшей формы оказалась светлая рубашка с распахнутым воротом, серые джинсы и белые кроссовки.

Квоттербек шел впереди и тоже одет был как я, но в черное.

Мы шли с ним молча, держась рядом, и разноцветные людские потоки огибали слаженно, не сговариваясь. Мимо шли женщины в широкополых шляпах с красными и желтыми цветами, в легких платьях и кружевных перчатках. Некоторые вели за руку детей – девочек в юбочках колокольчиком и мальчиков в коротких шортах. Мужчины тоже были – веселые, с загорелыми энергичными лицами. По бокам улиц стояли широко распахнутые зонты, а под ними – плетеные столики и кресла. Там пили кофе и ели теплые булочки. Открывался какой-то магазин – цветные ленты взмыли в воздух и долго кружились, извиваясь легкой волной. Где-то звучало пианино, а в парке смеялись звонкими молодыми голосами.

Я и Квоттербек – мы шли сквозь, против течения, и, когда меня задела мимо проходящая девушка, я заметил, что ее рука пронеслась сквозь мою, не встретив сопротивления.

Кто из нас был настоящим?

Трудно сказать.

Но больше всего на свете я хотел, чтобы это поскорее закончилось.

И это закончилось – мы завернули под арку, увитую колючим цветущим вьюном, и оказались в пещере с желтыми стенами и низким потолком. В центре пещеры сидел Тайтэнд и жарил нанизанные на прутик картошки.

– Наконец-то, – сказал он. – Я заждался. Жрать будете? А Лайн где?

Наверное, я выглядел как дурак, глядя на него и улыбаясь во весь рот. По крайней мере, Тайт мне сразу об этом сообщил:

– Раннинг, не растеряй от радости последние мозги. Тебе еще Солнце тащить, а это очень интеллектуальное занятие.

– А где оно? – спросил почему-то очень мрачный Квоттербек.

– У входа закопал, – ответил Тайт и отвел глаза, встретив взгляд Квоттербека.

– Тайт, – сказал я, наконец обретя дар речи.

– Картошка, – предложил Тайтэнд и ткнул в меня горячим прутиком. – Луна давно тут ошивается, – сообщил он, когда мы расселись у костра. – Но Вихрей еще не было, так что ваше опоздание особого значения не имеет. А вот то, что вы Лайнмена потеряли… это да.

– Мы и тебя потеряли, – в упор глядя на него, сказал Квоттербек.

– Да, – сдержанно согласился Тайтэнд и пожевал почерневшую картофелину.

Я не сразу разобрался в причине их противостояния – разве что прошлая сумятица со вскрытым Солнцем?

Квоттербек выглядел как смертельно раненный – бледный, с черными злыми тенями у уголков губ. Тяжелым взглядом он ловил каждое движение Тайтэнда. Ладони он сжал в кулаки и держал их на коленях, словно примагниченные. Видимо, боялся сорваться и проволочь Тайтэнда мордой по полу.

– Рассказывай, – сказал мне Тайтэнд, упорно отворачиваясь от Квоттербека.

Я открыл было рот, но ничего рассказать не смог. Наверное, пройди я хоть пятьдесят Матчей, после я бы не смог рассказать ни об одном. Всему есть исключения, конечно.

– Прошли четвертую, – медленно сказал Квоттербек. – Вот пятая...

– Я тоже прошел, – ухмыльнулся Тайтэнд. – Прошел штрафную. Вот пятая.

Квоттербек все-таки не выдержал. Он наклонился над Тайтом, вздернул его за шиворот и медленным тяжелым движением пригвоздил к стене, как когда-то – к раскаляющемуся боку Солнца.

– Да брось, – хрипло и очень серьезно выговорил Тайтэнд. – Что такого... должен же я был увидеть, как Раннинг закинет Солнце на ветку.

Некоторое время они смотрели друг другу в глаза, и Квоттербек сдался, отпустил руку и вышел из пещеры.

– Да что с вами?..

Тайтэнд невозмутимо сгреб палочкой горячие угли в одну кучку.

– Я на костре, по старинке, – пояснил он. – Сейчас на Солнце жарить можно... с производительностью сотня окороков в десять минут. Раннинг, ты еще помнишь, что такое боевой дух?

– Да.

– Вот он тебе пригодится.

Я прихватил еще одну картофелину и вышел вслед за Квоттербеком. Он сидел на маленьком уступчике, от которого вниз катилась каменистая узкая дорожка. Я ее сразу оценил – скользкое крошево туфа.

В самом низу дорожка упиралась в растрескавшуюся, пересохшую землю – она создавала опор огромному котловану, выкопанному словно под заказ, – ровные стены возвышались над нами на много метров, и вниз они шли так же ровно, гладко. В центре котлована торчала металлическая конструкция. Сердце забилось сильнее. Это была цель нашего Матча – знаменитая Ветка, на которую мне предстоит закинуть наше Солнце, обогнав Раннинга Луны хотя бы на несколько бесценных секунд.

Вечерело. Мягкие розоватые облака висели в гуще фиолетового неба. Было прохладно, но безветренно.

Знакомый горьковатый запах заставил меня оторваться от созерцания Ветки. Квоттербек сидел, прислонившись спиной к стене, и курил.

Странное зрелище.

– Кремань? – спросил я, усаживаясь рядом.

– Пачка за талон, – отозвался Квоттербек. – Дешевле отравы не существует.

Хотелось поговорить о завтрашнем дне, Вихрях и Ветке, но Квоттербек смотрел перед собой невидящим взглядом и думал явно о другом.

Оранжевый огонек тлел в его пальцах. Он проследил за тем, чтобы жар добрался до желтой полоски, выбросил окурок и выдохнул дым.

Подобрал лежащий рядом планшет, раскрыл его и достал ту самую книжечку. Я посмотрел – он ничего не сказал и только затрещал старыми измятыми страницами. Посыпались какие-то даты и названия, названия и даты, написанные то голубыми чернилами, то угольком, то красным карандашом. Все они, бисерно аккуратные, громоздились чередой на линованных страничках, заложенных кое-где закладками, карточками и просто обрывками бумаги.

Поле Капитана Акул. Тайтэнд. Третья линия. Первый сезон.

Поле Капитана Акул. Раннинг. Пятая линия. Третий сезон.

Поле Звезды на Востоке. Лайнмен. Первая линия. Второй сезон.

Поле Колокола Три Раза. Лайнмен. Третья линия. Первый сезон.

Поле Колокола Три Раза. Тайтэнд. Четвертая линия. Первый сезон.

Поле Мост в Небо. Раннинг. Первая линия. Пятый сезон.

Треск старых потертых страниц. Целая череда смертей вдруг выплыла из вечернего воздуха и сгустилась вокруг нас – бесконечные Тайтэнды, Лайнмены и Раннинги, бесплотные, окружили нас и всматривались незрячими глазами в страницы памяти Квоттербека.

А он нашел нужную, вынул огрызок карандаша и перечеркнул знак вопроса напротив записи: «Поле Последней Анестезии. Тайтэнд. Третья линия. Пятый сезон».

Я посмотрел вниз. Там еще теплился оранжевый огонек.

– Если я не введу твой код, – сказал я, – ты останешься здесь и сможешь стать тем, кем хочешь.

– Не вздумай! – заорал из пещеры Тайтэнд.

Аттам его упакуй с этим звериным чутьем...

– Не вздумай! – повторил он и высунул из пещеры нос. – Поверь на слово, не надо самодеятельности… – Он криво усмехнулся и торопливо скрылся.

Квоттербек сидел молча и смотрел на небо.

– Я…

– Раннинг, – сказал он – так, что я вновь почувствовал – это не просто слово, это имя, настоящее имя, и принадлежит оно только мне.

Квоттербек осекся, потрепал меня по затылку и встал, выпрямившись во весь рост.

– Вихри придут завтра в шесть утра. Действуешь строго по правилам. У Солнца есть все шансы победить.

Картофелем дело не ограничилось. У Тайтэнда нашлись в запасе три кукурузных початка и банка варенья. Из кармана он извлек пакетик с какой-то трухой и тут же заварил ее в котелке. Запахло травами.

Вход в пещеру окончательно исчез – его заволокло ночной темнотой. Какое-то крылатое насекомое билось у костра, намереваясь нырнуть в него целиком, но своевременно останавливаясь.

Жаркие блики лежали на стенах. Я распаковал свой рюкзак, обнаружившийся в углу, и нашел там порядком измятый спальник.

Им я накрылся и поджидал результатов готовки Тайта, а тот все колдовал, растирая несчастную кукурузу то одним, то другим порошком.

– Хватит, а то от нее ничего не останется, – сказал Квоттербек.

Кукурузу Тайтэнд уложил возле костра и переворачивал то одним, то другим боком. Я наблюдал за ним и ждал свою порцию, потому что не ел с самого перехода, а голод всегда сказывался на мне не в лучшую сторону.

– Держи, – неожиданно дружелюбно сказал Тайтэнд и протянул два горячих желтых початка.

Квоттербек молча взял третий. Он явно не был против такой дележки.

Я взял кукурузу и спросил:

– Значит, транспортировочный код вбивать на троих?

Квоттербек лежал на спине и смотрел в потолок. Вместо него, почему-то смущаясь, ответил Тайтэнд:

– В сущности, нет... Я так. Посмотреть пришел.

И он обеими руками приподнял свою рубашку. Там, где должно было быть сухощавое сильное тело, виднелась часть желтой стены. Что-то вырвало из бока Тайтэнда огромный кусок, оставив только часть ребер и совсем не оставив надежды на восстановление.

Он опустил рубашку и сунул мне какую-то банку.

– Штрафной гриб. Помнишь, мы его нашли? Я только часть съел, может, тебе когда пригодится.

– Выкинь, Раннинг, – сказал Квоттербек, не отрывая взгляда от потолка. – С тебя станется так же распорядиться...

До меня дошло. Квоттербек дал Тайтэнду возможность вырваться со штрафной и прожить жизнь на любой из пройденных линий. Тайтэнд эту возможность упустил, но ввалился в переход смертельно раненным – и еще живым. Мертвая зона не позволяла ему умереть, и он так и сидел здесь, поджидая... Он хотел увидеть, как я закину Солнце на Ветку.

Пока я сидел, оглушенный новостью, Квоттербек повернулся на бок и спросил:

– А откуда еда? Раз ты тут сидишь безвылазно?

– Раннинг Луны таскает, – с готовностью ответил Тайт и снял котелок с огня. – По горам прям прыгает... Проникся. Кстати, их тоже осталось только двое.

Утром Тайт дал мне хвост. Брать не хотелось, но он сунул мне этот хвост почти насильно...

– Стоп, – сказал Андрей. – Заговаривается.

Все зашевелились, предвкушая кофе.

– Нет, – удивленно сказал Раннинг. – Подождите...

– Только минуту, – попросил Андрей, наклоняясь над пультом.

– Кофе не будет? – поинтересовалась Анечка.

– Не успеем, – отрезал Андрей. – Дальше.

– Со слова «проникся», – подхватил лингвист.

– Больше мне рассказывать нечего, – ответил Раннинг. – Остальное вы знаете лучше меня. Добежал, запомнил код...

– Раннинг, – сказал Андрей, очень стараясь, чтобы прозвучало как имя.

Раннинг посмотрел на него – нехорошо посмотрел, таким взглядом, который уже ничего не выражает и обернут не вовне, а внутрь себя.

Это первая стадия, подумал Андрей. Теперь точно конец, никакой сон не поможет. Ему показалось, что бессмысленно стоять здесь и пялиться на колбу, что нужно скинуть халат и пойти... вымыть руки. Но Раннинг закрыл глаза и продолжил – темные пятна крови с каждым словом вырывались из его рта, как пар в холодную погоду.

У меня было пятьдесят пять секунд. Вихрь шел с юга, и Солнце лежало рядом, черно-красное, как свалившийся только что с неба метеорит, и такое же горячее, наверное. Под ним трескалась земля, вот что.

Квоттербек стоял сосредоточенный и серьезный. Губы-шрам...

Мы не прощались, не говорили никаких слов, да вообще... вели себя так, словно впереди еще сотня линий. Тайтэнд болтался у входа в пещеру. Жить ему оставалось не больше минуты – или меньше, потому что я должен был справиться быстрее. После того как Солнце и Луна окажутся на Ветках, поле Последней Анестезии закроется для Игроков навсегда, переходы превратятся в прогулочные аллеи, мертвые зоны потеряют свои свойства... Поле превратится в банку, с которой рачительный хозяин изредка стирает пыль в ожидании знаменательного дня, когда придет время снять ее с полки, распаковать и полакомиться тем, что внутри.

Тогда я всего этого не осознавал, конечно. Просто знал, что после пятого сезона поле закроется.

Вихрь показался – лилово-белый, словно венами опутанный. Он шел медленно – я знал, что на той стороне так же ожидает своего, красно-черного, Раннинг команды Луны.

Ветка торчала впереди. Казалось – рукой до нее подать. Я думал о будущих Матчах, о том, что, наверное, мне хватит пары дней, чтобы снова прийти в форму и снова оказаться на первой линии перед новым Квоттербеком.

Вихрь шел – пенная его шапка подползала под наши ноги.

– Давай, Раннинг, – приглушенно сказал Квоттербек.

Я обернулся. Рыжий невыносимый Тайтэнд кивнул мне и сделал жест, по которому было ясно, насколько он низкого мнения о моих способностях. Глаза у него были прозрачные и темные.

Пенная шапка Вихря доползла наконец.

– Пошел! – крикнул Квоттербек, потому что ветер поднялся оглушительный.

Он дотянулся рукой до моего шлема и захлопнул пластину шилдкавера – я о ней совсем забыл. А в следующую секунду меня придавило такой тяжестью и болью, что... что я без проблем могу терпеть то, что происходит со мной сейчас.

Солнце навалилось сзади, влипло мне в позвоночник, в плечи, впечаталось, как следы в горячий асфальт. Если бы мне пришло в голову вдохнуть, легкие бы я выплюнул в состоянии жареного рыбьего пузыря. Я не дышал. Падал, распластанный всей этой хренью, и мечтал не промахнуться.

Не промахнулся – Квоттербек спихнул меня очень удачно, не в эпицентр, откуда не выберешься, а с краю, где температура и направление ветра работали на меня, а не против.

И тогда я понял, что значит быть Раннингом.

Мои пятьдесят пять килограмм веса, мой маленький рост и все, над чем постоянно издевался Тайт, – все это превратилось в идеальное подспорье – Вихрь облегчил груз Солнца, охладил его до переносимой температуры, а меня заставил почти распластаться над землей – и бежать так, как я никогда не бегал.

Вот я, Раннингбек команды Солнца. Я – кровный родственник скорости и выносливости. Я – гордость команды, второй по значимости Игрок и имею самую высокую мотивацию к победе.

Я могу развивать скорость, превышающую скорость биотических машин, я могу взять старт из любого положения, я неутомим и способен менять траекторию передвижения под любым углом, не теряя при этом ни одной лишней секунды.

Я – Раннинг.

Я до сих пор ощущаю напряжение в ногах, когда вспоминаю тот забег, напряжение и боль в мышцах. Это называется – фантомные боли?

Наушник щелкнул, и я услышал:

– Молодец, Раннинг.

Неужели все?

Я уткнулся в металлическую станину Ветки. Наверх вела лестница, а напротив, держась за такую же лестницу руками, стоял Раннинг Луны – согнувшись. Его шатало, но он упорно цеплялся за лестницу – отдыхал, выделив себе две или три секунды. Вокруг него бился черно-красный горячий Вихрь.

Мне отдыхать было некогда – рывком я вскинулся на первую ступень и полез вверх, поддерживаемый ослабевающим холодным ветром. Площадка, ребристая и узкая, задрожала под ногами.

Солнце я сбросил с плеч в предназначенное для него гнездо, и оно крепко схватилось в пазах, со щелчком и сытым гудением. На противоположной стороне площадки я увидел Луну, тоже свалившуюся в гнездо, а над ней – обмороженного Раннинга, с которого кожа слетала синими лохмотьями вместе с лоскутами обмундирования.

«Не пялься по сторонам».

Солнце выбросило подсвеченную линию, по которой сплошным потоком потекли знаки, цифры, символы... Я держался за Солнце обеими руками, чтобы не упасть, и запоминал...

– Как запоминал? – не выдержал лингвист. – Повторял про себя или сравнивал с какими-то образами?

Раннинг покусал губы, но все-таки ответил:

– Как маршрут. Как если бы мне пришлось бегать по ним – по всем этим символам, буквам и знакам.

– Бесполезно... – спустя минуту общего молчания сказал лингвист и со злостью дернул рукой. – Хотите расшифровать? Лезьте в колбу, уважаемые! Становитесь Раннингами! И никак иначе...

– Подожди, – перебил его Андрей. – Раннинг... почему ты не хочешь отдавать нам код?

Некоторое время Раннинг молчал, глядя сквозь потемневшую от крови жидкость.

– Потому что я оставил там Квоттербека, – наконец твердо ответил он. – Я не открыл ему транспортировочный переход.

– Он тебе что-то сказал?

– Я видел его сверху, с Ветки. Этого было достаточно.

– Прошло двести семьдесят лет! – взвыл лингвист, хватаясь за голову. – Он не мог столько прожить, его сейчас там нет, а код... он нужен, там же тетракл, как ты не понимаешь...

– Я понимаю, – неожиданно мягко сказал Раннинг. – А вы нет.

Он закрыл глаза и умолк.

– Предлагаю остановить расследование, – произнесла Анечка. – Андрей.

Лингвист с грохотом сворачивался. Его лицо покрылось красными пятнами. Фред стоял неподвижно, поблескивая стеклами модных прямоугольных очков. Анечка подошла к колбе и сказала свое коронное:

– Бедный... Все закончилось. Все. Потерпи еще немного.

Раннинг слабо шевельнулся. Дрогнули губы, складываясь в короткую улыбку, от которой на щеках появились неглубокие ямочки.

На экране еще билось живое сердце, но Андрей без колебаний потянулся к нужным кнопкам. Колба вздрогнула и медленно затянулась черной пленкой, превратившись в саркофаг. То, что сделает с телом Раннинга ликвидационная жидкость, не хотел видеть никто.

Наступила тишина, оборудование гасло.

– Все? – спросила Анечка, заглядывая через плечо Андрея.

– Да.

– Сливай колбу... и пойдемте ужинать, наконец!

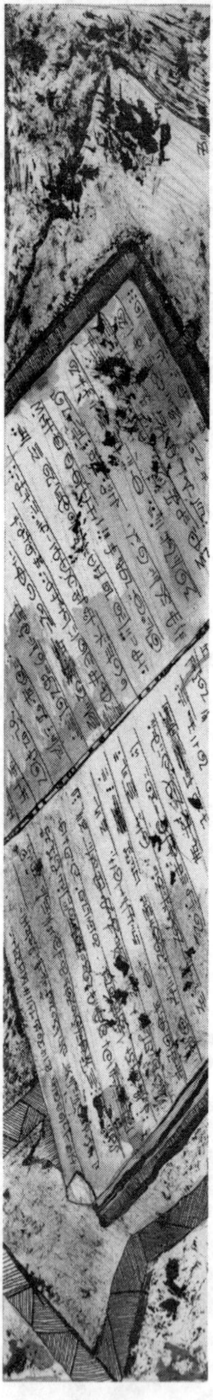

Глава 7

Категория «А-12» заперла команду ученых в научном комплексе. Пока шло расследование и принимались решения, что делать с полученной информацией и как ее скрывать, выйти из комплекса было невозможно.

Ужинать пришлось в маленькой столовой, которой обычно никто не пользовался во избежание приема вредной синтетической пищи.

Конвейеры подали тарелочки с мясом, похожим на хлеб, и хлебом, похожим на картон. Прибыли красные стаканчики сока из искусственной вишни, запредельно сладкой.

Двери столовой предусмотрительно заперли. Зажегся неяркий свет, холодно рассыпавшись на поверхности пустующих столиков.

Анечка убежала с докладами, и без нее в представлении Андрея наука как-то пошатнулась. Вишни, например... почему такие сладкие?

Анечка бы объяснила: потому что, Андрей, у них командно-иерархические отношения...

– Все это было триста лет назад, – вяло сказал Фред, ковыряя вилкой кусок волокнистого мяса. – Естественная эволюция исследовательского процесса без ошибок не проходит.

– Финансирование было минимальным, – напомнил лингвист, дергая кадыком. – Психология другая.

– Все идет по дуге улучшения, – подхватил Фред. – Сначала их связывали по двое и приучали к потерям методом... гм... искусственным. Потом – снижали эмоциональность, убирали амплитуды смены настроения. Теперь – сам знаешь.

– Психологам запись отдадим, – пообещал лингвист. – Пусть соотнесут его мотивацию с ценностями стандарта модели. Если не совпадет – поднимем записи с Комиссии, на которую его гоняли. Вдруг там какой умник ляпнул ему, что он человек и право имеет? Всякое бывает.

– Велициевы сонмы! – печально воскликнул Фред. – Что же вы такое?.. Нутром чую – физика. Моя стихия. Взломать бы нам эту кубышку наконец... Неужели нет других способов?

– Нет, – покачал головой Андрей. – Это то же самое, что сломать рельсу о колено. Слишком примитивная система.

Некоторое время все молчали и усиленно жевали.

Фред отложил вилку, обмахнул бороду салфеточкой и сказал проникновенно:

– Андрей, будешь продолжать в том же духе, я с тобой рядом не стоял и ничего не слышал. С Основным Правилом знаком, что там несет доктор Новиков – не понимаю. И вообще, проверьте его на профпригодность. Нервы, знаете ли.

Андрей поднял на него глаза. Фред смотрел на него благодушно и очень дружелюбно. Лингвист скреб вилкой по тарелке и делал вид, что ни при чем.

Пять лет в одной команде, подумал Андрей. Пять лет.

– Зря вы так надрываетесь, – сказал он наконец и брезгливо отставил стакан с жирными алыми вишнями. – Я врач, а не археолог... Копаться в старье – не моя профессия. Должен же просто был кто-то его держать.

– А, – понимающе улыбнулся Фред и закивал. – Должен, должен.

На выходе из столовой Андрея поймал за руку взволнованный и бледный Костюченко.

– Ну? – с волнением спросил он. – Нам материалы передадут? Андрей! Хочешь, я твою фамилию в диссертацию впишу? Так и начну – «при неоценимом вкладе доктора А. Новикова мной было установлено...»

Ночевать пришлось в маленькой комнатке, напоминавшей каюту космического корабля. Андрей раньше много летал и хорошо помнил и узкие пластиковые полочки-кровати, и выдвижные столики. Летал – по мелочи. Охотился на зеленых белок в Караббии, собирал образцы какой-то слизи на Са.

Объективно – занимался ерундой, но вечно гнался за важностью происходящего. Гордился набитыми белками, с замиранием сердца ждал результатов анализов мерзкой слизи, надеясь, что открыта новая форма вирусного сообщества.

По настрелянным белкам он оказался во второй сотне охотников, а слизь обнаружила следы недюжинного интеллекта и удрала с корабля, так и не соизволив оказаться вирусным сообществом.

Институт биоинженерии – лучшее место для желающих совершить невероятное, но и здесь отличиться не удалось. Андрей месяц за месяцем наблюдал многочисленных Тайтэндов и Лайнменов, у которых сроду ничего не болело, а любая рана закрывалась самостоятельно через пятнадцать минут после повреждения.

Пил кофе с Анечкой, приглашал на свидания и как-то ненавязчиво перебрался в категорию ее запасных любовников – без особого интереса и трепета, просто было приятно.

Курил с Фредом в запрещенных для курения местах, следил за составами реактивов.

Пять лет болтался без дела, субъективно если.

И вот выпало же расследование, думал Андрей, и так и сяк мучая несчастную беленькую подушечку, не желавшую стать мягкой. Выпал шанс, случай... И что?

Мерзко на душе.

На потолке – синяя злобная лампа.

Андрей долго смотрел на нее, пока глаза не заболели, а потом поднялся, поняв, что заснуть не сможет, и развернул на выдвижном столике полотно «Линии».

Раннинги именной серии лейтенанта Марка Теннисона. Генетические маркеры.

Вот он. Действительно, Раннинг...

Послужной список был короток – всего пять Матчей. Последний для Раннинга Матч закончился первой линией – вместе с Квоттербеком он попал в герметичную ловушку и погиб, раздавленный вакуумом. Квоттербек выбрался, а Раннинг нет.

Видимо, в этот Матч и произошла замена, решил Андрей. Игроки того времени сильно паниковали, оставшись без Квоттербека, а потеря его на первой же линии – заявка на стопроцентное поражение.

Черт его знает, как он вылез, но факт – вылез, вернулся и прикинулся Квоттербеком.

С этого момента отследить Квоттербека-Раннинга стало проще. Экрана не хватало на весь список полей и Матчей, где он побывал.

За шестьдесят лет он потерял триста семнадцать Игроков. В среднем – Игрока-двух в сезон. Показатель очень низкий, и ни одного полного...

Андрей задумался, подбирая слово. Ни одного полного вайпа, игровыми терминами если. Он всегда добирался до конца и устанавливал Солнце на Ветку.

Фото ничего не говорило Андрею, хотя он теперь и знал, что смотрит на того самого Игрока, ради которого так долго и мучительно умирал в колбе Раннинг. Он ничем не отличался от других, но стал особенным для своей команды.

Андрей еще раз тронул пальцем фото, покрутил туда-сюда список и вдруг замер.

Поле Последней Анестезии не стало для этого Игрока последним. За ним следовали еще десять-пятнадцать записей.

– Как? – вслух спросил Андрей, не в силах сообразить, что могло произойти.

Неужели Квоттербек сам открыл себе транспортировочный переход? Неужели он успел добраться до Солнца после перехода Раннинга?

Зачем? Зачем он так поступил, зная, что ему отведена спокойная жизнь на намертво закрытых полях?

Почему об этом не сообщили Раннингу, когда тот упирался, не желая выдавать код?

В конце списка вместо ожидаемой информации о смерти Андрей с удивлением увидел номер хранилища и ячейки.

Мелькнула шальная мысль – если Квоттербек в заморозке, то, может, его следует разбудить, и он расскажет эту историю по-другому, и с его слов будет легче узнать заветный код... И вторая, не менее пронзительная: если он додумался до этого, то доберется и додумается Анечка.

Отбросив подушку, Андрей сорвался с кровати-полочки, быстро выскочил в коридор и, пользуясь тем, что пропуск его заряжен за категорию «А-12», миновал все преграды и пропускные пункты, не озадачиваясь разъяснительными записями.

Сначала он шел быстрым шагом, а потом, не выдержав, побежал, неуверенно и медленно, раскачиваясь и боясь подвернуть ногу.

Перед хранилищем нужно было завернуть еще кое-куда, и Андрей торопился. В шесть часов все оживет, проснется Анечка, завяжет волосы в блестящий хвостик, развернет «Линию»... Или уже развернула и листает списки, держа руку на маленькой чашечке, сделанной под фарфор?

Аттам вас всех упакуй, суматошно думал Андрей.

Кто ходил по этим коридорам три сотни лет назад? Кто был настолько тупорыл, что не додумался сообщить Раннингу о том, что Квоттербек снова на Матчах? Да за кого они их принимали?

За Игроков, пришел беспощадный ответ. Игроки – шахматные фигуры на досках, в них нет «а» – радости жизни, «бэ» – сострадания, «цэ» – любви. Уперся бракованный Раннинг, и все тут. Сломался. Изъян... комиссионный экземпляр...

Андрей задыхался.

Молчит? Ноги ему под нож. Они ноги эти очень берегут, в ценностях прописано... Молчит? В запасник его, потом разберемся...

Вот и настало «потом». Нет больше тетракла, нет больше идей и открытий, нет свершений... зато можно стрелять зеленых белок.

Подвал назывался подвалом лишь неофициально. На самом деле площадь его превосходила площадь некоторых крупных корпусов института. (Храмов, подумал Андрей.)

Тоненькие ящички-ячейки поднимались от самого пола и уходили под потолок. Каждая носила индивидуальный номер и код, и осмотреть их все, а тем более вскрыть самостоятельно, не смог бы никто. Андрея снова спасла причастность к расследованию важной категории. Маленький биотик посмаковал карточку, выслушал запрос и утопал куда-то в глубину подвала. Вернулся он всего через несколько минут, но Андрею показалось, что прошла целая вечность.

Содержимое двух ящичков Андрей просто распихал по карманам, понимая, что сейчас не время рассматривать. Следующим пунктом были хранилища, и находились они совершенно в другом конце здания.

Бежать стало легче – приноровился. Это тебе не белок стрелять, Андрей... И тут же подумал – а будут ли в него стрелять, когда узнают?

Хранилище пропустило его без лишних проверок – Андрей был вхож сюда, следил за показателями систем и сохранностью материала. Наверное, сто раз проходил мимо той самой колбы, не зная ничего о том, кто находится внутри.

Да и теперь, размышлял он, я почти ничего о нем не знаю. Раннинг, ставший Квоттербеком. Поле Последней Анестезии...

Колбу пришлось подсветить. Да, это был он – спящее спокойное лицо, еле заметный шрам, пересекающий висок. Наверное, поздний, Раннинг ничего о нем не упоминал. В густой смеси идеального холода – Игрок, столько раз принимавший на свои плечи нестерпимо горячее Солнце.

Андрей вынул из карманов все, что захватил в подвале. Личные вещи Раннинга – кусок заячьего меха, обмотанный какой-то проволокой.

В правом кармане – личные вещи Квоттербека. Пухлая записная книжка в черной клеенчатой обложке. Освещения от колбы хватило на то, чтобы разглядеть последние записи, сделанные твердым мелким почерком. Перечислялись поля и сезоны, так же систематично, как и до поля Последней Анестезии. Словно ничего и не случилось, словно Квоттербек перешагнул этот этап с безразличием истинного Игрока.

Андрей, рассматривая записи, даже снял руку с панели-регулятора. Возможно... с Квоттербеком все будет проще, и нужно дать Анечке возможность показать себя.

В самом конце записной книжки, под уголком клеенчатой обложки, виднелась белая полоска. Андрей потянул ее, сопротивляющуюся, и подставил под синеватый свет. Талон Кремани, выданный на исполнение желания взамен жизни Раннинга.

Фото было сделано моментальным снимком, видимо, тогда, когда Раннинг стоял перед конторкой и пытался понять, что от него хочет хихикающий толстяк с зонтиком. Озадаченное лицо под задранной наверх пластиной шилдкавера. Мальчишеское лицо, выражающее уйму эмоций – растерянность, одиночество, неуверенную решительность и непонимание.

Андрей вдруг увидел его глазами Квоттербека и все понял.

Колбу он обесточил медленно, словно священнодействуя, – как будто укрывал забвением статую давно забытого божества, которое уже не могло сберечь никого из ему доверившихся.

Андрей выходил из здания медленно и со вкусом. Над ним выли сигнальные сирены и сверкали аварийные огни. Заблокированный пропуск погасил свой экран. По стенам катились предупреждающие волны.

Он вышел и старательно закрыл за собой дверь. Было около шести часов утра. Солнце, робкое и почти белое, плыло между яркими купами деревьев. Белый бетон подгонной дорожки сиял. Дорожку Андрей выбрал в качестве стартовой полосы, стащил с себя свитер и почувствовал свежий ветер на незагорелой бледной коже.

Поправил очки, а потом и вовсе их снял, обернул платочком и положил в карман.

– Доктор Новиков, – дружелюбно сказала Анечка, улыбаясь. – Вернитесь, пожалуйста, в лабораторию.

По обе стороны от нее держались сумрачные фигуры Лайнменов, с корнем выдернутых из колб ради такого случая. Лайнмены молчали и не выражали никаких особых эмоций, но держали пальцы там, где впаяны были в предплечья легкие орудия.

– Доктор Новиков. Андрей.

Андрей помахал ей рукой и побежал. Ему очень хотелось добежать до парка и там свалиться в тень недавно выращенных деревьев, поэтому пришлось торопиться. Андрей старался бежать ровно, вспоминая, что нужно дышать глубоко и только через нос... нужно внимательно смотреть под ноги и идти по самому кратчайшему маршруту. Без подготовки сделать этого никак не удавалось. Андрей быстро нажил колотье в боку и боль в лодыжках. Смеясь над собой и задыхаясь, он схватился за ствол единственного дерева, к которому успел добежать, наклонился, почувствовав, как ударило что-то под лопатку – не очень больно, но противно.

Это подстегнуло его, он оторвался от дерева и снова побежал, очень аккуратно, потому что теперь его шатало и бросало в разные стороны. Парк оказался не зеленым и тенистым, а кровавым и жидким. Черные длинные водоросли колыхались в нестерпимом малиновом варенье.

И снова ударило сзади, предательски в спину.

Все еще пытаясь дышать правильно, Андрей повалился на бок и с удовлетворением подумал, что добежал-таки...

И на секунду ему показалось, что щелкнул возле уха спрятанный где-то передатчик и сказал:

– Молодец, Раннинг.

И сам Раннинг, маленький и легковесный, стоял рядом, прижав руку козырьком к пластине шилдкавера, и смотрел куда-то далеко-далеко. Солнце блестело на ремнях креплений. Огромное, жаркое, алое Солнце, гаснущее с каждой секундой.

Литературно-художественное издание

Евгения Мелемина

СОЛНЦЕ В РЮКЗАКЕ

Зав. редакцией И.Н. Архарова
Ответственный редактор А.Л. Герасимова
Литературный редактор Е.Г. Попова
Технический редактор Т.П. Тимошина
Корректор Л.Ф. Уланова, Н.В. Камышанская
Компьютерная верстка Н.Н. Пуненковой

ООО «Издательство Астрель»
129085, г. Москва, пр-д Ольминского, д. 3а

При техническом участии ООО «Издательство АСТ»

www.ast.ru
e-mael: astpub@aha.ru

Типография ООО «Полиграфиздат»
144003, г. Электросталь, Московская область, ул. Тевосяна, д. 25